KB221090

포토 에세이

엄마의 뜰

포토 에세이

엄마의
뜰

글·사진 김살로메

문학의
문학

작가의 말

2년 만의 새 책이다. 여기저기 흩어져 있던 글들을 정리했다. 짬짬이 새 글도 썼다. 어떤 날의 반짝임이나 찌끼 같은 것들이 내 안의 글줄을 당겼다. 코로나를 핑계 삼아 즐거이 자판과 친구했다. 엄마를 위한 한 편의 헌사로 시작한 글은 색다른 가지들을 달고 마구 달렸다. 가까운 생각이 먼 글로 갈무리되기까지 단순해지려고 노력했다. 쉽지만은 않았다. 그래도 콘셉트는 변하지 않았다. 포토 에세이를 표방한 생활 칼럼이거나 생활 철학을 표방한 포토 에세이어도 좋았다.

추려낸 사십여 편의 글과 사진은 가족을 추억하고 연민한다는 것, 사람을 좋아하고 찬미한다는 것, 책 바람을 쐬고 그 서늘한 쾌감에 전율한다는 것, 사랑과 관계에 대해 의미 있는 시선을 찾으려 한다는 것, 세상일 의문에 가끔 혼잣말로 대거리한다는 것 등으로 요약할 수 있다. 심상의 산문이었다가 담백한 칼럼이었다가 뜻밖의 단상이기를 마다않는 이미지들이 독자에게 닿아 저마다의 향기가 더해졌으면. 공감 가는 글을 한 편이라도 만났다는 독자의 피드백을 기대하는 것 말고 뭘 더 바랄까.

첫 소설집에 이어 다시 책을 펴내 준 출판사 '문학의문학'과 기꺼이 편집을 맡아주신 우영창 선생님, 언제나 큰 힘이 되어주시는 이대환 작가님, 예쁜 책을 만들어주신 김경일 디자이너, 날마다 식구들을 위해 기도하는 늙은 엄마, 주부 사표 낸 지 오래여도 탓하지 않는 남편과 슬이 석이 성대에게 감사의 인사를 보낸다. 가까이 또는 멀리서 글벗하고 말벗하는, 차마 몇 명만 따로 부르지 못할 만큼 다정하고 존경하는 친구들께도 감사함을 전한다.

2020년 가을에
김살로메

차례

5부. 이따금 삐딱하게

1부

괜스레
사무치게

어머니의 뜰

　어머니는 아직도 혼수방에 나가십니다. 그곳에서 당신 노년의 뜰을 가꾸듯 한 땀 한 땀 바느질을 하십니다. 노구의 어머니에게 바느질은 벅찬 노동일 수도 있습니다. 하지만 저를 비롯한 오남매 어느 누구도 애써 그것을 말리지 못합니다. 어머니의 손끝이 평생 바지런함과 친구해왔음을 잘 알고 있기 때문입니다. 소일거리가 있다는 게 어쩌면 당신 여생의 활력과 건강을 위해서 다행일지도 모릅니다. 한창때의 체력에 비할 바 못 되지만 천성이 밝고 재바른 어머니는 그렇게 해서라도 자식들 앞에서 당신 건강을 증명해 보이는 것이지요.

　그해 봄, 혼수방으로 일 나가시는 어머니의 배웅은 노환과 병색이 완연한 아버지 차지였어요. 이른 아침을 나눈 어머니가 집을 나서 지름길인 방죽계단으로 올라섭니다. 겨울 뜰에 버려진 앙상한 나뭇가지 같은 아버지가 힘겹게 한 계단, 한 계단 따라나섭니다. 둑방 아래 금호강에서는 풀어헤친 여인의 속치마처럼 물안개가 솟아올랐지요. 물안개에 떠밀리듯 어머니는 방죽길 속을 잰걸음으로 걸어가셨지요. 안개 속 희미한 실루엣의 어머니는 이따금씩 뒤를 돌아보며 아버지를 향해 '어여 들어가라'는 손짓을 하곤 했지요. 어머니가 먼 안개 속으로 완전히 사라질 때까지, 명아주 지팡이를 짚은 아버지는 가만히 지켜보고 있었지요.

연민과 구차함이 뒤섞인 감정으로 이런 익숙한 아침 풍광을 지켜보던 저는 은밀한 가출을 꿈꾸곤 했어요. 원하던 대로 결혼

을 하면서 집을 떠날 때, 병든 아버지는 우셨지만 저는 마냥 웃었어요. 남은 밭뙈기까지 팔아 아낌없이 결혼자금을 마련해준 아버지에 대한 고마움은 생각할 겨를조차 없는 철없는 탈출이었지요. 그렇게 막내인 저를 마지막으로, 우리 오 남매는 콩깍지를 벗어난 콩처럼 통통 분가를 하고 새로운 식솔들을 거느렸지요.

어머니가 없는 온 낮을 아버지는 혼자 견뎌내야 했어요. 안방 윗목, 바스락대던 약봉지 소리를 신호 삼아 천식 앓던 당신의 기침소리가 골목으로 퍼져나가곤 했지요. 지루함을 견딜 수 없을 때, 아버지는 노구를 이끌고 바로 집 앞 방죽으로 올라갔어요. 그곳은 또 다른 아버지의 뜰이었지요. 아버지는 멀리 강물을 바라보곤 했어요. 오월의 따사로운 햇살을 받으며, 강물 위로 종달새가 낮게 날아다녔지요. 아버지는 방죽 위에 쪼그리고 앉아 까불대는 종달새의 생기발랄한 지저귐을 부러운 듯 바라보곤 했어요.

아버지는 그해 마지막 이승의 봄날을 당신만의 뜰에서 그렇게 적요와 쓸쓸함으로 버텨내고 있었지요. 저는 그것을 누구보다 잘 알고 있었어요. 하지만 안부전화조차 자주 하지 않았어요. 칙칙하고 병약한 아버지의 하루가 까닭 없이 설레는 신혼생활에 방해가 될까 저어하던 날들이었지요.

어스름 저녁, 긴 방죽을 따라 어머니가 돌아오실 때면, 아버지는 다시 어머니를 마중하러 둑방 계단을 올라서곤 했지요. 멀리 도심의 화려한 불빛을 지고 어머니가 돌아오십니다. 아카시아꽃잎처럼 머리칼에 핀 몽실몽실한 솜먼지가 어머니 노동이 얼마나 고되고 또한 아름다웠는지를 말해줬어요. 아버지는 말없이, 풍성한 어머니 머리카락 사이에 피어난 솜꽃을 하나하나 떼어내 주셨지요. 그 모습은 마치 앙상한 나뭇가지 위 쓸쓸하게 서로를 보듬는 겨울새 한 쌍 같았지요.

아버지는 그해 오월을 넘기지 못했어요. 수선스러움도 없이 너무도 고요하게 돌아가셨어요. 늘어난 약봉지만 남긴 채 쓸쓸하게 떠나신 아버지를 부르며 저는 목 놓아 울었어요. 너무 늦은 후회만큼 쓸데없이 큰 울음이었지요.

친정집을 둘러봅니다. 어머니 없는 무료한 낮 시간을 보내기 위해 아버지가 남긴 흔적들이 좁은 뜰 곳곳에 보입니다. 담장 밑을 손수 파고 심은 넝쿨장미는 온 담장을 휘감아 지붕까지 뻗어 있어요. 방죽 위, 당신만의 뜰에서 쪼그리고 앉아 캐내왔던 어린 유도화는 어김없이 여름이면 붉은 꽃잎을 말아 올립니다. 지천

에 널려 있던 나팔꽃씨를 받아 화분에 키우던 분도 아버지셨지요. 아버지의 나팔꽃은 지금껏 봄이면 싹을 틔워 가을이 질 때까지 옥상 난간을 휘감곤 하지요. 나팔꽃이 얼마나 순하게 싹을 틔우고 얼마나 부드럽게 꽃을 피우는지 아버지 덕에 알게 되었어요.

아버지가 안 계시는 지금도 어머니는 바느질을 하십니다. 당신 신성한 노동의 뜰에서 잠시 지치면 어머니는 가만, 회한에 젖듯 아버지의 시간을 추억

해낼지도 모릅니다. 방죽 위를 드리웠던 아버지의 애잔한 그림자와 눈빛들, 머리칼에 핀 솜꽃을 떼어내 주던 그 손길을 그리며 말없는 미소를 지으실 거예요.

청관스러움에 대하여

냉정하면 거리감이 생기고 오지랖이 너무 넓으면 성가십니다. 인간사 적당한 게 좋습니다. 하지만 적당하기가 어디 말처럼 쉽던가요. 넘치는 상황끼리 상충할 때는 어떻게 해야 할까요.

패키지여행 팀에 지인 없이 합류했습니다. 그 누구의 간섭도 없이, 그 어떤 것의 영향도 받지 않고 될 수 있으면 혼자만의 시간을 갖고 싶었습니다. 덜컹거리고 욱신거리던 몸과 마음을 자유롭게 풀어놓고 싶었습니다. 단체 여행이긴 하지만 시쳇말로 '혼자인 듯 혼자 아닌 혼자만의 시간'을 여행 콘셉트로 잡았습니다.

팀원 중 선희 씨도 혼자였습니다. 수수한 차림만큼이나 털털해 보이는 그녀와 자연스레 파트너가 되었습니다. 고향도 같고 나이도 같았습니다. 통성명이 끝나자마자 선희 씨가 제 손을 잡았습니다. 말 놓고 편하게 지내자. 우린 친구니까! 움찔 놀란 저는 슬며시 손을 뺐습니다. 만난 지 삼십 분도 되지 않았는데 동향에 동년배라는 이유만으로 친구가 되고 싶지는 않았습니다. 생각을 가다듬기 위한 여행에서는 무심함이 최고의 미덕일 터였습니다. 너무 적극적인 파트너를 만난 것 같아 신경이 쓰였습니다.

이틀째 되는 날 살짝 피로감이 몰려왔습니다. 다정다감한 선희 씨는 가는 곳마다 제 손을 잡았습니다. 뭉툭하고 거친 손을 누군가에게 내맡기고 싶지 않았습니다. 어쩌면 핑계였을 거예요. 혼자가 편했던 저는 에돌려 선희 씨에게 말했습니다. 손잡는 것 대신 팔짱 끼면 안 될까요? 손에 땀이 많아서 그래요. 선희 씨는 친구끼리 땀 좀 섞이면 어떻노? 하면서 손깍지를 풀어 순순히 제 팔짱을 꼈습니다. 그래도 어색한 건 마찬가지였습니다. 이상적인 타인과의 거리는 육십 센티라는 말을 믿고 싶을 정도로, 대책 없이 순정하게 밀착해오는 그녀가 불편했습니다.

선희 씨는 사교적이었습니다. 상대에 대한 배려와 관심도 넘쳤습니다. 사진 같이 찍자, 저건 저렇고 이건 이렇지, 화장실 가지 않을래, 등등의 말로 친화력을 자랑했습니다. 하지만 제 여행 콘셉트에 '타인의 이야기에 귀 기울일 것'이라는 항목은 없었습니다. 언덕마다 오밀조밀하게 내려앉은 집, 이국의 골목에서 풍겨 나오는 야릇한 냄새와 좁은 베란다 밖으로 너울거리는 빨래, 카페에서 흘러나오는 애련한 가락들, 이런 것들에 마음을 뺏기고 있었습니다. 이런 호사를 선희 씨가 깨는 것만 같아 내심 성가셨습니다.

그녀의 언행에 악의 같은 건 눈곱만큼도 없었습니다. 지나친 감칠맛이 죄라면 죄였습니다. 덤덤하고 심심한 백김치를 원했는데 얼큰하고 시원한 열무김치가 밥상에 오른 느낌이랄까요. 참을만한 친절함이었지만 저는 어느 순간부터 차단막을 치기 시작했습니다. '나 홀로 힐링'을 구하려는 자와 '더불어 힐링'을 외치는 자 사이에 작은 균열이 일었습니다. 물론 그런 예민한 저항감은 저만의 것이었습니다. 선희 씨 입장에서 보면 운이 없는 거였지요.

여행 막바지쯤 선희 씨가 말했습니다. "자기는 너무 청관스러운 것 같아. 같은 고향이니 청관스럽다는 말은 들어봤겠지?" 사전에도 나오지 않는 그 말뜻을 유추하느라 남은 일정이 머리에 들어오지 않았습니다. 마음에서 선희 씨를 거부한 짓이 있으니, 제풀에 '까다롭다'는 의미로 쓰였을 거라 짐작만 했습니다. 인정머리 없는 속내가 들킨 것 같아 당황스러웠습니다.

　여행에서 돌아오자마자 언니에게 문자를 넣었습니다. 저보
다는 고향에 오래 살았던 언니는 '청관스럽다'는 말을 알고 있을
것 같았습니다. 예상대로였습니다. 언니는 옛날을 더듬어 그 말
의 쓰임새까지 친절하게 예로 들어줬습니다. 어릴 때, 밥술을 겨
우 뜨는 형편의 서촌댁이 마실을 나오고, 밥 같이 먹자고 엄마가
숟가락을 건네면 방금 먹고 와서 배부르다며 도리질을 한 채 배
를 쓰다듬곤 했습니다. 그럴 때 엄마는 "에구, 청관스럽기는!" 하
고 말했답니다. 또한 오일장 나들이에 나선 방산 할배가 빳빳하

게 풀 먹인 모시적삼 차림으로 미루나무 신작로를 꼿꼿이 지나갈 때 "그 어른, 참 청관스럽다."라고 했다나요.

짐작하건대 청관스럽다는 말은 타인이 주는 물질적·정신적 호의를 사양하거나, 정갈하고 흐트러짐이 없는 모양새를 표현하는 말 같았습니다. 경북 북부지방에 널리 퍼진 행동 양식인 '염치' 개념과 무관하지 않아 보였습니다. 체면을 차릴 줄 알며 부끄러움을 아는 마음이 염치인데, 그곳 사람들에게 염치는 곧 자존감을 의미했습니다. 선희 씨가 오지랖을 넓힐수록 저는 그녀에게 민폐를 끼치지 않으려 했습니다. 그다지 순수한 의도는 아니었습니다. 피해를 주지 않겠으니 너도 그랬으면 좋겠다 하는, 개인주의적 자기방어였지요.

남에게 구하려 하지 않는 자는 남을 들이려고도 하지 않습니다. 염치와 분수를 차린다는 명분 뒤에 숨은 제 거북한 마음을 그녀가 읽지 못할 리 없었지요. 그걸 청관스럽다는 말로 좋게 포장해준 것 같았습니다.

청관스러움도 지나치면 청맹과니가 됩니다. 털털하고 담백해야 세상도 편하게 보입니다. 마음이란 건 덥석 주고받아도 오줄없지만 넌지시 거절하는 건 더 상그럽습니다. 남을 이롭게 하려는 마음까지는 바라지도 않습니다. 제 편하자고 남의 호의를 들이지 않는 건 소견이 좁은 짓이지요. 움찔 밀어내고 슬쩍 털어내는 건 청관스러움과는 거리가 멉니다. 훼방꾼은 타인이 아니라 언제나 제 안에 있습니다. 인정을 마다하는 염치가 무슨 소용이며, 사람 냄새 나지 않는 청관스러움이 어디에 쓰일 것인지요.

사소한 따뜻함

도서관에서 잠시 상주작가로 일할 때였습니다. 일찌감치 집을 나서곤 했습니다. 주차 공간을 확보한다는 이유도 있었지만 아침 시간을 마디게 활용하기 위해서였지요. 중앙 출입문을 통과하면 미화 담당 여사님이 가장 먼저 반겼습니다. 연두색 앞치마를 두른 채 대걸레 하나로 로비와 계단을 누비는 그녀는 누가 봐도 에너자이저였습니다. 밀대를 쥔 여사님 손끝, 붉은 메니큐어가 그 열정을 말해주고 있었습니다. 고희 넘은 연세인데 환갑 정도로밖에 보이지 않을 정도로 젊고 유쾌한 분이었습니다. 언제 봐도 분양받고 싶은 기운이었습니다.

여사님이 마지막 순서로 제 공간을 청소할 때면, 웬만하면 함께 차를 마셨습니다. 노고에 대한 제 나름의 소박한 소통법이었지요. 하루 십여 분도 되지 않는 티타임이었지만 여사님과 친구가 되는 그 순간이 좋았습니다. 동료 중 제일 나이가 많은 여사님

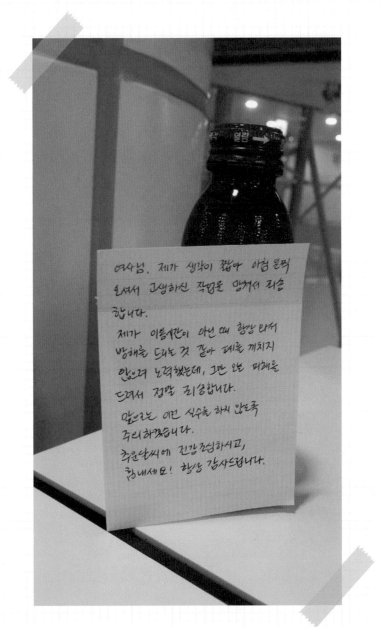

여사님, 제가 생각이 짧아 아침 일찍
오셔서 고생하신 작업을 엉켜서 최송
합니다.

제가 이용시간이 아닌 때 항상 타서
방해를 드리는 것 같아 폐를 끼치지
않으려 노력했는데, 그만 일본 피해를
드려서 정말 죄송합니다.

앞으로는 이런 실수를 하지 않도록
주의하겠습니다.

추운날씨에 건강 조심하시고,
힘내세요! 항상 감사드립니다.

은 다음해에 재계약이 되지 않을까 봐 걱정하곤 했습니다. 나이는 숫자에 불과하다는 뻔한 말로 저는 여사님을 응원하곤 했습니다.

그날도 변함없이 일찍 출근했습니다. 여사님은 아직 보이지 않았습니다. 무심코 엘리베이터에서 내리려는데 "안 돼!" 하는 여사님 목소리가 들렸습니다. 흠칫 엘리베이터 안쪽으로 밀려났습니다. 복도 바닥에 노란 테이프로 경계선을 만들어 놓았습니다. 락스로 바닥 대청소를 한 뒤 말리는 중이었습니다. 직원들이 출근하기 시작하려면 아직 삼십 분 정도 남았기에 여사님은 안심하고 바닥에 락스를 뿌렸겠지요. 너무 일찍 나온 제가 엘리베이터에서 나오는 순간 바닥을 밟을까 봐 본능적으로 막은 것이었지요.

여사님의 적극적이고 친절한 경고 덕에 락스 자국을 남기지 않고 지나갈 수 있었습니다. 금세 그 사실을 잊은 채 찻물을 받기 위해 복도 한쪽 정수기로 향했습니다. 정수기 하얀 머리 위에 전에 없던 소품이 놓여 있었습니다. 피로회복제 음료를 등받이 삼아 단정한 글씨체의 메모지가 붙어 있었습니다. 여사님 앞으로 배달된 쪽지였지요. 얼핏 봐도 따뜻한 기운을 품고 있었습니다.

여사님 손에 들어가기 전, 얼른 사진으로 남겼습니다. 도둑 촬영이 말해주듯 엉성한 컷이지만 공유하고 싶었습니다.

열람실 공식 개방 시간 전에 도서관에 입장하는 성실 이용자가 있었습니다. 수험생인 듯한 그녀는 매번 그렇게 일찍 눈에 띄었습니다. 복도 휴게 자리에서 공부하다가 열람실 문이 열리면 곧장 들어가곤 했습니다. 메모지 내용을 보니 그녀가 남긴 것 같았습니다. 저보다 앞서 엘리베이터에서 내리다가 여사님이 뿌려 놓은 락스를 밟은 모양이었습니다. 자신의 실수 때문에 다시 바닥을 닦아야 하는 여사님에게 미안하고 송구한 마음을 전한 것이지요.

저절로 미소가 나왔습니다. 세제를 밟아 바닥을 더럽힌 일은 아주 사소한 실수에 지나지 않습니다. 미안하다는 말 한마디로도 충분한 사과가 될 터이지요. 한데 이렇게 메모까지 남겼습니다. 한 글자 한 글자 써내려간 타인의 친절 시간, 그 순간을 공감하는 일 또한 피로회복제였습니다.

뒤늦게 메모를 발견한 여사님이 소녀 얼굴로 달려왔습니다. 상기된 표정으로 아침부터 감동이랍니다. 메모지를 가볍게 흔들며 일할 맛 난다 하십니다. 처음 본 것처럼 저 역시 맞장구를 쳤습니다. 집에 가서 손녀에게 자랑하겠다는 여사님에게 저는 이 상황을 글로 써드리겠다고 약속했습니다. 여사님을 배웅하면서 제 눈길은 복도 끝에 가닿았습니다. 아직 열람실은 열리기 전이고, 휴게용 간이 테이블 위 책에다 얼굴을 묻듯 열중한 그녀가 보였습니다. 모른 척 따뜻한 차 한 잔을 그녀 앞에 내려놓았습니다. 종이컵에 담은 훈기지만 작은 응원이 되길 바랐습니다. 꼬부랑 원서를 들여다보는 것으로 보아 전문직 공부를 하는 수험생일지도 모른다는 생각이 들었습니다. 방해될까 봐 말은 건네지 못했습니다. 공부에 앞서 온기를 먼저 간직한 그녀이기에 무조건 좋은 일이 생길 것만 같았습니다.

다음날에도 복도 그 자리, 그녀는 주위를 잊은 듯 책에 머리를 맞대고 있었습니다. 습관인 듯, 저는 파이팅을 대신하는 차 한 잔을 놓고 돌아섰습니다. '사소한 맘 씀 덕에 일할 맛 난다'는 여사님의 밝은 얼굴빛이 전달되기를 바랐습니다.

한결같은 여사님은 이후에도 누구보다 먼저 나와 고요한 도서관 곳곳을 밀대로 닦았습니다. 수험생 그녀 역시 복도 구석진 자리에 붙박이로 있었지요. 열람실 문이 열릴 때까지 고개조차 들 마음 없이 책과 하나가 되어 있곤 했지요. 그들과 함께 조금 따뜻한 사람이 되고 싶었던 저는 묵묵히 찻물을 데우곤 했습니다. 사소하지만 훈훈한 기운이 도서관 전체로 퍼져나가던 시간이었습니다.

무궁화꽃이 피었습니다

지루한 장마가 이어집니다. 물난리로 전국이 혼란스럽습니다. 7월 장마, 8월 무더위라는 기상 패턴이 무색할 정도로 안타까운 날들입니다. 위험 수위를 넘은 물길은 아량을 모릅니다. 교각을 삼키고 제방을 무너뜨리더니, 순식간에 들판의 경계를 없애고 집들을 고립시킵니다.

그나마 이곳은 장마에서 어느 정도 벗어났습니다. 점심 약속을 위해 길을 나섭니다. 비 그친 하늘이 가을날을 앞당겨 놓은 것 같습니다. 좀 전까지 떠올린 '위험수위'에 대한 단상이 지워질 정도로 산뜻한 풍광입니다. 갓길에 차를 세워 가없이 푸르고 높은 하늘빛을 맘껏 담는 여유도 부려봅니다.

주유소에 들릅니다. 세차 먼저 하고 주유해도 되나요? 잠깐 갠 날씨 덕에 목소리 톤이 눈치 없이 높았나 봅니다. 기름 넣어도 세차 할인은 안 됩니다. 심드렁한 직원의 대답에는 '나 귀찮으니 건드리지 마시오' 하는 기색이 묻어 있습니다. 고객에게 같은 말을 수없이 반복했을 터이니 그 정도까지는 이해가 갑니다. 청명해졌다지만 여전한 고습도 날씨 앞에서 한결같은 친절 모드를 유지할 수는 없을 테니까요. 그다음이 문젭니다. 단 몇 초 사이, 차창문을 닫을 기회조차 주지 않고 직원은 냅다 차에다 물을 뿌리기 시작합니다. 어떤 사전 제스처도 경고도 없는 돌발행동입니다. 쌓인 스트레스를 그런 식으로 고객에게 푸는 모양입니다. 급히 창문을 올려 물세례는 면했지만 썩 유쾌하지는 않습니다. 인간의 영혼은 사소한 지점에서 손상받는 거니까요. 무시당한 게 분명한데 화를 내기엔 미묘한 순간이랄까요.

세차기가 돌아가는 동안 크게 심호흡을 합니다. 이어서 무궁화꽃이 피었습니다,를 몇 번 되뇝니다. 십 음절로 된 그 말을 되풀이하다 보면 달아오른 얼굴빛이 가라앉고 벌렁거리던 심장도 누그러집니다. 마법의 주문처럼 무궁화꽃이 피었습니다,를 찾는 일은 어찌할 수 없는 순간을 건너야 할 때 활용하는 저만의 방법입니다.

점심 장소인 일식집에 도착합니다. 위로 둥근 손잡이가 달린 육수 냄비를 양손에 든 점원이 테이블로 다가옵니다. 얼마나 조

심성 없게 들고 오는지 뜨거운 국물이 넘치는 게 다 보입니다. 어이쿠, 어이쿠 조심하라는 신호가 여기저기서 나오는데도 아랑곳하지 않습니다. 기어이 가까이 앉은 제게 육수를 쏟고 맙니다. 뜨거운 물기가 스치자 놀란 개구리처럼 몸이 절로 솟구칩니다.

국물이 원피스 허리춤을 타고 허벅지로 흘러내립니다. 일행들도 놀라 휴지와 행주를 들고 모여듭니다. 한데 아르바이트생인 듯한 점원은 남 일 보듯 괜찮아요, 라는 한 마디가 끝입니다.

이런 일이 대수롭지 않게 일어난다는 듯 테이블 세팅에만 손길을 놀립니다. 맘에 없더라도 미안함이나 겸연쩍음 정도의 액션을 취하는 게 당연한 순서일 텐데 그럴 기미조차 없습니다. 애써 무시하는 품새에서 무례함만 도드라집니다. 화가 나지만 어쩔 수 없습니다. 서운함을 내비치거나 클레임을 건다고 해서 상황이 나아지는 게 아니니까요. 스스로 달라질 마음이 없는 자 앞에서 정당한 한 말씀보다 나쁜 충고는 없습니다.

차라리 주인이 그렇게 응대했다면 속 시원히 뭔가를 말할 수 있었을 것 같습니다. 하지만 힘없고 스트레스만 많을 '을'을 상대해봤자 찜찜함만 남겠지요. 어찌할 수 없는 소심함으로 소탈한 척(실은 허탈하게) 웃었을 뿐입니다. 속절없이 예의 무궁화꽃 송이만 피웁니다. 한 송이 두 송이 세 송이, 그렇게 가라앉히다 보니 덴 피부의 열감도 숙지고 속도 편안해집니다. 주유소 직원이든, 일식집 점원이든 그들이 보기에 상대가 긴장할 만한 대상이었다면 그토록 투박하게 행동하지는 않았을 겁니다. 위압적인 느낌을 주거나 사회적 지위가 검증된 이들 앞이었다면 한결 조심스러운 태도를 취했을 테고, 손님 입장에서 불쾌한 상황으로 이어지지도 않았겠지요. 혹여 실수로 그런 그림이 만들어졌다고 해도 금세 실수를 인정하고 미안함을 표현했겠지요.

큰 것 앞에 작아지고 작은 것 앞에 커지며, 큰 것에 분노하는 일보다 작은 일에 흥분하기 쉬운 게 인간입니다. 들고 일어설 때는 물러나고, 물러서도 좋을 때 일어나는 게 인간의 속성이구요. 삶은 달콤함 못지않은 위험수위의 연속입니다. 을의 상황이라면 더욱 그렇겠지요. 위험수위 근처에 다다른 을의 스트레스가 갑에게 맞닿기보다 엇비슷한 다른 을에게 닿는 것은 어쩌면 당연한 건지도 모르겠습니다. 쓸쓸한 그 사실을 알고 있으면서도 작은 것에서 자유롭지 못하고 마음을 다칩니다. 그것이 곧 무궁화꽃이 피었습니다,를 연습하고 연습하는 이유가 될 테지만요.

노파심에서 하는 말인데 스스로 하는 무궁화꽃 술래놀이의 필요충분조건은 누가 뭐래도 작고 사소한 세계에 한합니다. 사무치도록 화가 쌓인 경우, 이를테면 그것이 갑을 향한 것이라면 정공법을 택해야겠지요. 그땐 맞서고 부딪치는 일만이 온당할까요. 날씨 탓이든 상황 탓이든 이 세상 모든 을들이 스트레스 덜 받는 사회가 되었으면 좋겠습니다. 홍수 수위가 낮아지듯 무궁화꽃 주문을 되뇌는 날도 줄어들 테니까요.

아버지의 강

기침을 합니다. 아부지가 그랬던 것처럼 새벽이면 자꾸 기침이 돋아 잠을 설칩니다. 기침은 아부지가 물려준 달갑잖은 유전인자입니다. 더 이상 잠들지 못한 채 창 너머 강을 내려다봅니다. 희붐하게 밝아오는 물결을 향해 기침 소리 두어 번 실어 보냅니다. 기다렸다는 듯 아부지도 익숙한 기침 소리로 화답해옵니다. 잘 살고 있제?

겨울 저물녘, 언 강물 위의 아부지 기침 소리는 골골 깊숙이 번져나갔습니다. 그해 여름 소문처럼 댐이 완공되었고, 금세 마을 어귀까지 물이 들어찼습니다. 거대한 댐은 단단히 얼어붙어 있었습니다. 당신 손수 일구던 전답도, 미루나무 나부끼던 신작로도 저 깊은 물속으로 잠겨 버렸습니다. 오일장에 나간 아부지는 얼음 강을 건너 집으로 오는 중이었습니다. 오빠와 어린 저는 강어귀에 마중 나와 있었습니다. 읍내에서 마을까지 새로 난 길이 있었습니다. 하지만 산마루를 휘도는 그 길은 너무 멀었습니다. 위험하긴 해도 드넓은 호수를 가로지르기만 하면 금세 집에 도착할 수 있었기에 아부지를 비롯한 마을사람들은 언 강을 자주 건넜습니다.

얼음장 위로 칼바람이 몰아쳤습니다. 강심의 잔설이 바람을 타고 회오리를 일으켰습니다. 얼음판을 넘어오는 아부지의 잔기침 소리도 바람에 실려 강어귀까지 날아들었습니다. 이십 센티미터 이상 꽝꽝 언 호수라지만 방심하는 순간, 천 길 얼음 속 나락으로 떨어질 수도 있었습니다. 물가에 얼어붙은 저 불안의 징조들 - 깨진 소주병, 찢어진 고무신, 얼어 죽은 쥐 등 -은 오빠와 저를 더욱 초조 속으로 몰아넣었습니다. 순식간에 얼음이 깨지기라도 한다면 위험천만한 일이 눈앞에서 벌어질 것이었습니다.

아부지는 호신용 지팡이로 얼음판을 툭툭 건드리며 길을 내었습니다. 언 강을 건너본 자들은 육감적으로 그들만의 길을 알아냈습니다. 물살의 세기나 물길 지형에 따라 얼음 두께가 조금씩 다르다고 했습니다. 빙판길 아버지의 이마 위로 노을빛이 잦아들었습니다. 모래톱 위에도 석양이 깔리기 시작했습니다. 금세 동녘 낮은 하늘가엔 섣달 보름달이 떠오를 터였습니다. 간간이 아버지의 밭은기침 소리가 이어졌습니다.

쩌렁쩌렁 얼음장 조이는 소리는 모래톱을 휘감고 마을 뒷산까지 가서 박혔습니다. 굴곡진 파장을 한 저 음습한 메아리. 옥죄는 가슴께를 부여잡고 오빠와 저는 힘껏 소리 질렀습니다. "아부지, 차라리 먼 길 돌아서 오시이소!" 아부지는 걱정 말라는 듯 기꺼운 손사래로 어린 남매를 안심시켰습니다. 움직이는 작은 섬처럼 묵묵히 강을 건널 뿐이었습니다.

등뼈를 도려내는 것 같은 된바람을 지고 마침내 아부지 강어귀에 닿았습니다. 아슬아슬한 곡예를 끝낸 아부지의 장보따리는 한결 가벼워 보였습니다. 저 봇짐 속에는 마른 오징어나 멸치 등속과 맞바꾼, 마루치 아라치 운동화 두 켤레가 나란히 있을 것이었습니다. 한 가계를 책임져야 하는 아부지의 장 보따리는 철없는 남매에겐 부푼 꿈 보따리였습니다. 그렇게 유년은 흘러갔습니다.

전천후 일꾼인 아부지는 원래 바지런한 사람이었습니다. 벼와 고추를 거두는 농사꾼이었고, 담배포를 지닌 점빵의 주인이었으며, 오일장의 건어물포 사장이기도 했습니다. 하지만 천식과 기침으로 몸져누운 뒤로는 마냥 나약한 환자가 되어 있을 뿐

이었습니다. 결핵을 심하게 앓았을 때는 봇물이 들듯 논배미에
다 객혈을 쏟아붓곤 했습니다. 몸과 마음이 약해진 아부지의 성
정은 예민해졌습니다.

　도시로 터전을 옮긴 뒤, 아부지는 더 이상 언 강물 위의 아슬
아슬했던 낭만적 대상이 되지는 못했습니다. 몸과 마음이 강팍

해진 당신은 사소한 일에 삐쳤고 별 것 아닌 것에도 짜증을 냈습니다. 잔소리는 늘었고 인색함은 굳어져 갔습니다. 전깃불 꺼라, 수도꼭지 잠가라, 버스 값 말고 무슨 용돈이 필요하노? 당신이 맹신하는 근검절약에 관한 잔소리를 들을 때면 저는 귀를 틀어막고 가출을 꿈꾸곤 했습니다. 결혼을 해 집을 떠나는 오빠나

언니가 부럽기만 했습니다. 해빙기의 얼음 위를 걷는 부녀, 빙판 한 귀퉁이만 잘못 밟아도 누구 하나 천길 물속으로 내닫는 위태로운 관계. 그즈음의 아부지와 제가 그랬습니다. 백수광부의 아내가 저 강 건너지 말라고 제 남편을 말릴 때, 상상으로나마 그들의 못된 딸이 된 저는 '아부지, 어서 빨리 저 강물을 건너소.' 하고 부추기는 날들이었습니다.

청춘은 고달프기만 했습니다. 모든 게 아부지 탓이었습니다. 지리멸렬한 첫사랑도, 구차하기만 한 아르바이트도 모두가 당신 때문이었습니다. 제 옹졸과 편협의 강물은 깊어만 갔습니다. 아부지에게서 벗어나고만 싶었습니다. 하지만 골방에 틀어박혀 넋두리를 써대는 것 말고는 뾰족한 방법이 없었습니다. 대학노트에는 어디로 튈지 모르는 변종 심리 바이러스가 까맣게 자라고 있었습니다. 청춘의 옹색함과 비루한 일상을 벼린 글 칼로 무수히 스스로를 베던 시절이었습니다. 그 상처 끝에는 언제나 '아부지'라는 핑계가 있었습니다. 짐짓 타협의 제스처를 취한 그 원망의 글들은 소설이란 형식으로 가공되었습니다. 독자를 의식하지 않은 그 얘기들은 감동을 담보하지는 않았지만 내적 치유와 성장의 계기는 되었습니다.

돌이켜보면 아부지 때문에 한겨울인 청춘이었지만 끝내 아부지 덕에 물오른 봄을 맞이할 수 있었습니다. 평생 글 쓰는 데서 자유롭지 못할 숙명은 당신이 준 고귀한 선물이었습니다. 애증의 저울추를 번갈아가며 기울게 했던 아부지는 제게 결핍인 동시에 충만이었습니다. 나중에야 알았습니다. 궁색과 잔소리의 향연인 당신의 방식은 한 가계를 책임져야 했던 병약한 부성의 다른 이름이었다는 것을.

당신 떠나던 마지막 봄날, 친정 나들이를 간 제게 늙고 수척해진 아부지는 골목 끝까지 따라 나와 눈물을 보였습니다. 신혼 단꿈에 빠진 저는 아부지만큼 힘겹지도 쓸쓸하지도 않았으므로 당신이 건너는 마지막 강의 깊이를 제대로 헤아리지 못했습니다. 두고두고 불효를 자책했습니다.

사는 것은 강을 건너는 것과 같습니다. 세상 모든 길 아래로 도도한 강물이 흘렀습니다. 몇 번의 강물을 휘도는 동안 세상일이 제 의지와는 상관없이 진행될 때가 많았습니다. 구비치는 산구릉에도 언 강물 위에도, 심지어 뜬구름 위에도 길은 있었습니다. 그 길마다 어김없이 고비는 닥쳤습니다. 깊어서 아찔하고 넓어서 아득한 그 강을 오늘도 건넙니다. 어렵고 두렵다고 망설일

수만은 없는 숱한 선택들. 한층 다층적이고 복합적인 흐름을 주도하는 그 강들을 어떻게 건너야 할지 막막할 때가 있습니다. 그때마다 아부지를 떠올립니다. 저 멀리 언 강 위의 아부지를 생각하며 힘을 얻습니다.

젊은 날 아부지를 원망했던 마음이 본심이 아니었음을 이제야 고백합니다. 자신보다 나쁜 적敵은 없습니다. 스스로를 이기는 것이야말로 세상의 강을 제대로 건너는 방법이겠지요. 막내딸의 뒤늦은 대오각성을 아부지가 듣고 있으면 좋겠습니다. 결핍의 모티프이자 충만의 근원인 당신. 오늘도 새벽 기침을 합니다. 뒤질세라 저 강어귀 어디쯤서 당신의 맞기침소리가 들리는 듯합니다.

아는 사람 한 분도 못 봤다

1930년 경오생 조갑규 씨는 오늘도 일기를 씁니다. 소일거리로 만지던 재봉틀을 놓아버린 뒤 생긴 습관입니다. 91세, 노동에서 해방되면 자유를 얻을 줄 알았는데 웬 걸요. 뒤늦게야 무료함이야말로 생의 가장 무서운 적임을 알게 됐지 뭡니까. 버젓한 자식들이 둘레둘레 있으니 사전적 의미로는 독거노인이 아닐지 모르겠습니다. 하지만 매일 일기를 써도 홀로 사는 왕노년의 하루해는 길기만 합니다.

또래 할머니들이 그랬듯이 조갑규 씨 역시 평생 '심심하다'는 말뜻을 이해할 여가가 없는 삶을 살았습니다. 열여섯에 시집와, 농사일에서 장삿길까지 온몸의 뼈마디가 쑤시고 닳도록 노동과 절친한 사이였습니다. 삶보다는 죽음에 가까운 지금에야 일을 손에서 놓았지만 딱히 일하지 않는 지금이 더 행복한지는 모르겠습니다. 잡념 생길 겨를도 없이 바빴던 때가 그립기도 합니다.

몸은 고되어도 성취감 때문에 날아갈 듯한 날도 많았으니까요.

이상한 바이러스 때문에 요즘은 더 힘듭니다. 성당도, 경로당도 갈 수 없으니 심심함을 넘어 사방이 막힌 기분입니다. 무료함을 지나 적요함의 공기가 방 안을 감쌀 때면 죽음보다 더한 공포와 한기가 온몸을 파고듭니다. 혼자 사는 조갑규 씨의 요즘 화두는 '무료함과의 전쟁'입니다. 이런 조갑규 씨의 일기장을 훔쳐봤습니다. 두어 컷을 담았습니다. 몇 구절을 원본 그대로 옮겨보겠습니다.

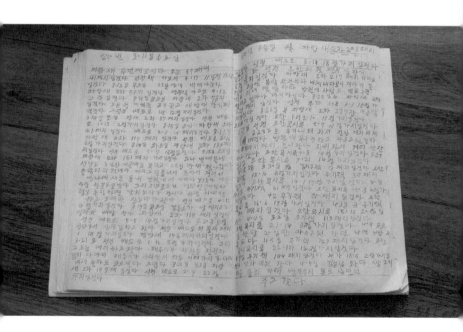

'코리나 병 때무내 백계 안 나가고 이섯다. 이 병이 언재 끈날지 모른다. 뱅글뱅글 돌면서 하류하류 지냇단다. 아무대 안 나가고 지배 이섯다. 하이 땃히 박게 내보이 버를입피 파락캐 도다낫다. 벅꼿 명알도 불근색가료 벌서 매자간다. 점심 반찬 토란국 계랄찜 해먹다. 오늘 책 일다보이 시간가는 모고 이섯다가 벌서 5시가 다대다. 저녁 가래 해 먹것다. 오를언 비가 와 날새 컴컴했다. 오늘도 그럭저럭 화루해가 다 각구나. 고리나 병대무내 22째 집아내마 갓채이섯다.'

조갑규 씨는 코로나 때문에 밖에 나가지 못합니다. 기약도 없습니다. 갇힌 날들을 셈하면서 조갑규 씨는 뱅글뱅글 집안을 돕니다. 봄이 오고 있습니다. 따뜻해진 밖을 내다보니 버들잎이 파랗게 돋아났습니다. 어느새 벚꽃 몽오리도 붉은 색깔로 맺어갑니다. 무료할수록 허기는 더 잘 찾아옵니다. 점심 반찬으로 토란국과 계란찜을 해먹습니다. 책 읽다 보니 시간 가는 줄도 모릅니다. 벌써 다섯 시가 되었습니다. 저녁으로는 카레를 해먹습니다. 비가 와서 날씨는 컴컴해집니다. 오늘도 그럭저럭 하루해가 다 갔습니다. 22일째 집안에만 갇혀 있습니다. 조갑규 씨 일기체의 담백한 서술 방식이 어쩐지 난중일기를 닮았습니다. 심리가 반영된 내용은 아니지만 진술과 풍경 속에 조갑규 씨의 공허한 내면이 읽히는 듯합니다. 사진에 찍힌 장면 몇 구절도 첨부합니다. '왕노년'을 보내는 조갑규 씨의 도돌이표 일상이 이어집니다. 읽기 편하게 맞춤법에 맞게 올려봅니다.

소설 파랑새를 두 번째 읽었다. 오늘은 37페이지까지 읽었다. 성경 야고보서 4장 11절까지를 읽었다. 점심은 미역국을 끓이고 조기를 구웠다. 새 밥을 해서 맛있게 먹었다. 28일 만에 처음 밖에 나갔다. 출렁다리를 건너서 망우공원을 둘러서 큰다리를 건너서 갔다. 옛날에 살던 동네인 방천에서 내려다보았다. 아는 사람 한 분도 못 봤다. 집으로 오다가 어떤 할머니가 나를 보고 손짓했다. 같이 놀다가 갑시다, 했다. 이야기도 하고 오랜만에 잘 놀다가 왔다. 큰딸이 쌀, 돼지고기, 쌀과자 등을 배달시켜줬다. 손자가 사온 파로 김치를 담갔다. 하도 여러 가지를 가져와서 숫자도 모르겠다. 오늘은 봄바람이 완연하다. 밖에 내다보니 개나리꽃, 벚꽃이 피어서 만발하다. 방천에 사람들이 벚꽃 구경한다고 얼마나 많이 다니는지. 막내 내외가 와서 점심 돼지찌개 해서 먹었다. 함께 방천 꽃구경하고 공원에 갔다. 집에 와서 커피 한 잔 하고 갔다. 한 달 20일 만에 망우공원에 갔더니 빵과 우유를 (봉사회에서) 주었다. 안과 병원에 갔다. 소설책 129페이지 읽었다. 요한 묵시록 22장 12절에서 17절까지 읽었다.

코로나 때문에 집안에서만 뱅뱅 돌다, 모처럼 나들이에 나선 조갑규 씨. '아는 사람 한 분도 못 본' 대목에선 숙연해집니다. 동네 윷놀이 친구들은 모두 하늘나라로 떠나셨다지요. 성경 읽고 기도하고 소설책 읽고. 그래도 심심하면 식솔들에게 차례로 전화하는 왕노년 조갑규 씨는 제 엄마입니다. 절약 세대의 모범생답게 여백마저 아까워 빽빽하게 공책을 메우시는 분입니다. 얼마 전, 줄 넓고 칸 큰 일기장을 한 더미 사다 드렸습니다. 동시대 할머니들이 쓴 시집과 일기집도 곁들였지요. 비껴간 얘기긴 하지만, 시집과 일기집은 노년이 읽기엔 활자가 너무나도 작았습니다. 누구를 위한 책인지 살짝 아쉬웠습니다. 그나저나 아끼는 습관이 몸에 밴 조갑규 씨가 줄 넓은 새 일기장을 잘 활용하고 있을지는 모르겠습니다.

베테랑일수록 가볍다

이십 대 초반, 동아리 친구들과 지리산을 종주한 적 있습니다. '산이라면 지리산'이라는 말이 유행할 정도로 당시 청춘들에게 지리산행은 통과의례 같은 것이었습니다. 화엄사에서 출발해 노고단, 임걸령, 벽소령, 세석산장, 장터목을 거쳐 천왕봉에 오른 뒤 하산하는 4박 5일의 대장정이었습니다. 그때까지 저는 등산다운 등산을 해본 적이 없었습니다. 며칠에 걸쳐 험한 골짜기와 긴 능선을 넘는다는 게 얼마나 힘든 것인지 가늠조차 하지 못했습니다. 굴곡진 현대사의 현장을 접할 수 있다는 숙연한 설렘만이 가득했습니다.

첫날은 그럭저럭 오를 만했습니다. 계곡 물소리와 풀꽃들, 간간이 보이는 하늘과 피곤할 만하면 나타나는 쉼터 등 모든 것이 눈과 귀를 즐겁게 해주었습니다. 가끔 헬리콥터 소리도 들렸는데 능선을 넘는 산행객들의 무사를 응원하는 것 같아 안심이 되곤 했지요.

이틀째였을까요. 임걸령과 화계재 사이 어디쯤에서 신호가 오기 시작했습니다. 누군가 등짝을 뒤에서 당기는 것 같은 통증과 함께 허벅지 힘이 마구 풀리기 시작했습니다. 호흡이 거칠어지고 머리가 어질어질했습니다. 발바닥이 땅에 붙고 어깻죽지는 내려앉기만 했습니다. 선발대와의 거리는 한참 멀어져 있었고, 하늘과 잇닿아 있다는 드넓은 쉼터는 나타날 기미조차 없었습니다. 가도 가도 제자리걸음이었습니다.

급경사 등산로 앞에서 저를 시작으로 몇몇의 여학생이 울음보를 터뜨렸습니다. 체력은 바닥인데 무거운 배낭이 어깨를 짓누르니 설움이 북받쳤던 것이지요. 하지만 강단 있는 대부분의 여학생들은 눈썹조차 흔들리지 않았습니다. 역까지 배웅 나왔다가 엉겁결에 뾰족구두 차림으로 합류한 후배조차 의연한 모습이었습니다. 체력 안배를 잘해, 날다람쥐처럼 날랜 다른 여학생들을 보니 부러워서 서러웠습니다. 시쳇말로 '멘탈'을 관리하지 못한 채 스스로 무너지는 그 한계가 부끄러워 더 눈물이 났습니다.

저질 체력의 여학생 배낭은 할 수 없이 남학생들에게 인계되었습니다. 주변의 도움으로 겨우 종주를 마칠 수 있었지만 그 일은 제게 큰 충격을 주었습니다. 주량도 모른 채 마신 한 잔 소주에 취해, 만 하루가 지나서야 깨어났던 일처럼 창피하고 불명예스러운 일이었습니다. 스스로를 책임지지 못했다는 자괴감과 민폐를 끼쳤다는 미안함, 체력이 좋거나 강단 있는 다른 여학생들에 대한 부러움 등으로 한동안 괴로웠습니다.

그때의 트라우마 때문일까요. 텔레비전 오지 탐험 프로그램을 볼 때, 힘든 상황에서도 의연하게 대처하는 여성 출연자를 보면 존경스럽기만 합니다. 각설하고 그때 지리산 산행의 패착을 떠올려봅니다. 이유는 한 가지, 너무 무거운 짐 때문이었습니다. 자잘하게는 세면도구에서 크게는 홑이불세트까지 필요하다고 생각하는 물품을 죄다 배낭에다 쟁여 넣었습니다. 많이 챙겨갈수록 좋은 줄 알고 이것저것 배낭 배를 부풀렸습니다. 자신의 체력도 가늠해보지 않은 채 가방만 무겁게 꾸렸던 것이지요. 몸이 따라주지 않으면 짐이라도 가벼웠으면 그토록 고생하지는 않았겠지요. 길 떠나는 자는 자고로 짐이 가벼워야 한다는 사실을 너무 늦게 안 것이지요. 여행 잡지에서 본 전문가의 충고를 되새깁니다. '될 수 있으면 짐을 줄여라. 한 번 줄이고 그 다음날 점검할때 또 줄여라. 그러다 보면 꼭 필요한 것만 남게 될 것이다. 그게 바로 당신을 즐겁게 해 줄 최상의 동반자다.'

　베테랑일수록 전문 산행가일수록 꾸러미는 간소합니다. 명필일수록 붓 자루 수에 집착하지 않습니다. 명강사일수록 목소리를 높이지 않는 것과 같지요. 많거나 크다고 좋은 건 아닙니다. 작거나 가벼울수록 나을 때가 많습니다. 어쩌다 길 떠날 일이 생기면 최대한 간소하게 짐을 꾸립니다. 그 옛날 지리산 종주할 때의 교훈을 떠올리며 줄였던 짐도 한 번 더 줄입니다. 무거운 짐에게 몸과 마음을 저당 잡히는 것보다는 모자란 듯 헐렁한 상태가 훨씬 부담이 덜합니다. 수고한 짐 때문에 영혼이 피폐해질 정도라면 비울수록 낫습니다. 베테랑일수록 가벼움과 친구하니까요.

고봉의 사랑

어릴 적 기억 하나. 명절 끝, 큰댁에서 돌아온 엄마의, 할머니에 대한 유일한 뒷담화는 '밥 많이 퍼라'라는 것에 관한 것이었습니다. 부엌으로 연결된 안방 쪽문 앞에 자리한 할머니는 큰엄마를 비롯한 며느리들이 밥상을 준비할 때면 매번 이렇게 말씀하셨답니다. "밥 많이 퍼라." 쌀이 귀하던 그 시절 손님을 대하는 안주인의 진심은 고봉밥이 대신 말해주었겠지요. 정 많은 할머니식 그 말씀이 엄마와 큰엄마는 그렇게 듣기 싫었답니다. 어련히 알아서 할 것인데, 매번 부엌문 앞에 바투 앉아 '밥 높이'를 관장하시니 성가신 맘이 없지 않았겠지요. 알고 있는데 자꾸 말하거나 좋은 말도 되풀이하면 잔소리가 되니까요.

며느리였던 엄마의 푸념이 이해가 되지만 그때나 지금이나 저는 할머니의 그 포지션에 더 정감이 가 슬며시 미소 짓곤 합니다. 내남없이 가난하던 시절 밥 인심만큼은 양보하고 싶지 않았던 안주인의 결연한 의지 같은 게 보인다고나 할까요. 살짝, 밥 많이 퍼라, 의 그 대상이 누구였을까 생각해봤습니다. 십중팔구 는 할머니의 사위들이 아니었을까 짐작해봅니다. 시집 간 딸을 둔 엄마에게 가장 반갑고 귀한 손님은 사위였을 테니까요. 사위 에게 야박한 밥상을 차려주고 싶은 친정엄마는 없을 것입니다. 밥심으로 살던 시대였으니 오죽했을까요.

이제 밥심이 아니라 다이어트심(?)으로 살아가는 게 더 효율 적인 시대가 도래했습니다. 그럼에도 귀한 손님에게 고봉밥을 푸는 그 정서는 별반 달라지지 않았습니다. 그때의 할머니 연세 를 훨씬 넘긴 엄마도 당신 사위들이 오면 밥을 봉두(峯頭)로 푸십니 다. 할머니처럼 잔정 깃든 잔소리만 하지 않을 뿐 그 옛날의 할머 니가 원했던 것처럼 밥공기 가득 주걱 놀림을 하십니다. 욕하면 서 배운다는 말이 틀린 말이 아닌가 봅니다.

아이러니하게도 저도 마찬가지입니다. 사위가 오는 날이면 저도 모르게 마음이 바빠집니다. 평소 남편과 아들에게는 바쁘다 는 핑계로 라면밥이나 해주고 시중 김밥으로 때울 때도 많습니 다. 하지만 딸내미 내외가 온다는 소식에는 요즘 유행하는 말로 '영끌'해서 없는 솜씨를 발휘합니다. 며느리든 사위든 내 집에

든 귀한 손님이라는 생각에 한 끼라도 제대로 먹이고 싶은 거지요. 보통 때는 그리 즐기지 않던 고기 메뉴에다 밑반찬까지 신경 씁니다. 밥그릇은 기존의 미니 밥공기가 아니라 좀 더 큰 그릇으로 세팅합니다. 당연히 고봉밥을 담습니다. 혹여 체면치레라도 할까 봐 처음부터 가득 푸는 거지요. 그래야 마음이 놓이고 편안해집니다. 그 옛날 할머니의 밥 많이 퍼라, 라는 말씀이 DNA처럼 대물림 되는 것이지요.

그렇게 밥을 푸다 보면 한쪽에선 또 다른 말씀들이 들립니다.

남편이 말합니다. 제발, 밥 좀 적게 퍼라. 여분의 밥을 옆에 두면 더 깔끔하다나요. 착하고 눈치 빠른 사위는 적당히 배불러도 그 밥을 더 덜어 먹겠지만 어쩐지 그건 제 방식은 아닙니다. 아들까지 남편 편입니다. 엄마, 입장 바꿔 생각해보세요. 제가 결혼해서 처가에 가서 밥 때문에 고통을 당한다면 엄마 맘이 편하시겠어요? 많으면 덜거나 남기면 되지 그게 고통일 것까지야 싶은 맘에 순간적으로 욱합니다. 하지만 아들 말에 의하면 그리 쉬운 게 아니라네요. 생각해서 주신 건데 즉각적으로 그렇게 할 수 있는 사람이 몇이나 되겠냐고 합니다. 거기까지는 미처 생각지 못했습니다.

고통을 당한다? 이 부분에서 심장이 덜컥합니다. 얼마 전 교육방송에서 본 강의 장면 하나. 사랑의 관점에 대해서 생각게 하는 부분이었지요. 사랑하는 사람에게 필요한 것은 그것이 무엇이든 두 공기, 세 공기, 한 됫박, 한 말이 아니랍니다. '한 공기'면 충분하답니다. 상대가 원치 않는 넘치는 사랑은 타자에게 고통이 될 수도 있다는 요지였지요. 한 됫박이나 한 말의 사랑을 주고 싶은 것은 나의 입장이지 상대의 입장은 아니랍니다. 상대는 소박하게 담은 단 한 공기의 밥이면 족한데, 주는 이는 고봉밥으로 두 공기, 세 공기 아니 한 됫박을 주고 싶어 합니다. 상대가 원하는 것만큼을 감지하지 못한 채 오버하는 것은 폭력이 될 수도 있다나요.

맞는 말입니다. 중요한 건 그 사실을 인지하게 된 이후에도 고봉밥을 푸는 마음을 완전히 몰아내지 못했다는 것입니다. 밥이라면 고봉밥이어야지요. 밥주걱 든 입장이라면 누구나 같은 마음일 겁니다. 줄 게 마땅찮으니 밥이라도 따뜻이 먹이고자 하는 그 마음을 버리지 못하는 것이지요. 상대도 그 마음을 알고 최선을 다해 밥상 앞에 앉는 거지요.

밥 많이 퍼라, 시며 부뚜막을 내려 보던 할머니도 사랑이고 말없이 밥을 봉두로 푸신 엄마도 사랑입니다. 물론 밥 적게 퍼라, 고 말하는 남편과 아들도 사랑이고 그걸 재바르게 접수하지 못하고 앞선 두 여인을 따라 하는 제 마음도 사랑입니다. 그것은 상대의 불편까지는 헤아릴 겨를이 없는, 상대가 원할 것만을 짐작하는 '찐' 사랑입니다. 최선을 다하려는 마음, 그 모든 것을 고봉의 사랑이라 명명하겠습니다.

커브 또는 늪의 순간

한순간이었습니다. 커브 길을 지날 때 급브레이크를 밟았습니다. 마주 오던 버스의 속도감에 짓눌려 저도 모르게 브레이크에 발이 올라갔습니다. 우툴두툴 자갈 깔린 갓길에 닿은 바퀴는 순식간에 튕겨 올랐습니다. 제어불능 상태가 된 핸들은 갈지자로 휘청거렸습니다. 맞은편 통근 버스는 아슬아슬하게 비껴갔습니다. 다음엔 트럭 차례였습니다. 노련한 트럭 운전수가 속도를 줄이지 않은 상태에서 급히 제 차를 피해갔습니다. 속도를 줄였다면 도리어 충돌이 일어났을 것입니다. 승용차 한 대가 뒤이어 지나는 것까지는 기억하겠는데 그 이후엔 정신을 잃어버렸습니다. 차가 처박힌 곳은 빗물 가득한 수로였습니다. 외곽길이라 정비되지 않은 늪 같은 하수로로 차가 서서히 빨려 들어가고 있었습니다.

전날 비가 와 노면은 미끄러웠고, 수량은 불어나 있었습니다. 구십도 각도로 기울어진 운전석으로 금세 물이 들어찼습니다.

살려주세요. 분명히 소리쳤지만 차 유리에 부딪힌 절규는 가슴팍으로 되돌아와 박혔습니다. 밖으로 나가지 못하는 말의 무용함이 칼날처럼 심장을 후벼 팠습니다. 처음 느껴보는 공포였습니다. 전화기가 들어 있는 핸드백에 손을 뻗쳤지만 허사였습니다. 충격으로 꽉 조인 안전벨트는 옴짝달싹도 하지 않았습니다. 물이 점점 차올랐습니다. 이렇게 죽는구나, 이것이 죽음의 실체구나, 라는 생각이 들자 도리어 정신이 또렷해졌습니다. 카오디오 데크에서는 영어 이솝우화가 블라블라 흘러나왔습니다. 무심결에 듣던 유쾌한 테이프가 장송곡처럼 들렸습니다. 손만 닿을 수 있다면 구조 전화를 거는 것보다 저 테이프의 스톱 버튼을 먼저 누르고 싶은 심정이었습니다.

제일 먼저 아들 얼굴이 떠올랐습니다. 다이어트를 해야 하는 아들의 뱃살마저 살갑게 다가왔습니다. 아들아, 미안하다. 네 다이어트 성공하는 것도 못 보고 이렇게 엄마가 힘들어하는구나. 아들을 제대로 건사하지 못한 자괴감이 빠르게 스쳐 지나갔습니다. 예쁘지만 공부에 전념하지 않는 딸내미 얼굴도 어른거렸습니다. 딸아, 공부 안 한다고 눈 내리깔고 얼음장 얼굴빛 만들던 엄마를 용서해라. 무뚝뚝하지만 섬세한 남편도 생각났습니다.

마음껏 웃어주지 못한 게 후회스러웠습니다. 미안하고 고맙다고 말하고 싶었습니다.

겨우 발목까지 물이 찼을 뿐인데 심리적으로는 목울대까지 압박감을 느꼈습니다. 왜 글 따위를 쓰겠다고 스스로를 괴롭혀왔는지 가슴이 저렸습니다. 차라리 두 아이 맛난 것 해주고, 남편 출근길 따뜻이 배웅해주는 주부로서 만족할 것을. 재능도 없는데 실한 엉덩이만 믿고 자판기 앞에서 끙끙댄 시간이 부질없게 느껴졌습니다. 눈썰미는 얕으나 날선 통찰이 있으니 언젠가는 글이 되지 않을까 고군분투해온 스스로가 가여웠습니다. 밑줄 쳐가며 두세 번 읽던 책들의 표지, 작품마다 인상 깊게 읽었던 문장들과 필사 노트, 얄미울 정도로 잘 쓰는 작가들에 대한 질투와 존경. 이 모든 것들이 여전히 기쁨이자 고통으로 함께하는데 왜 나는 늪으로 가야만 하나?

반짝이기를 기다리는 별들 - 두 아이, 남편, 좋은 주변인들 그리고 내 열정 - 아직 제대로 불러 보지도 못했는데 왜 나는 늪으로 가야만 하나. 그 짧은 시간에 상념만 가득했습니다. 제 심정을 조롱하듯 이솝우화 테이프는 멈추지도 않고 잘도 돌아갔습니다. 양치기 소년을 지나 서울쥐 시골쥐를 거쳐 떡갈나무와 갈대에

이르기까지 윙윙대는 이국의 목소리는 제 욕망의 부질없음을 끝없이 질타하고 있었습니다.

혹시라도 누군가 나를 구하러 와서 저 테이프 소리를 듣는다면? 이런 생각에 이르자 너무 부끄러웠습니다. 하지만 꼼짝할 수 없었습니다. 간신히 발을 휘저어 낚아챈 가방에서 휴대 전화기를 찾았습니다. 위급할 때 112를 눌렀던가. 정신줄을 놓아버리니 아주 쉬운 것도 제대로 생각나지 않았습니다. 어처구니없이 허튼 버튼을 눌러대고 있는데 웅성거리는 소리가 들렸습니다. 장정 여럿이 옆으로 꼬꾸라진 차를 둘러싸고 있었습니다. 걱정 마세요. 물이 안 깊어요. 이상하리만치 바깥소리가 잘 들렸습니다. 구급대원들이 도착하기도 전에 출근하던 차에서 저마다 내린 사람들이 수렁에서 제 차를 들어 올렸습니다. 물기 묻은 옷깃을 여미며 차 밖으로 나오는데 어쩐지 제 무사가 창피하기만 했습니다. 아이 슈드 비 어쉐임드 옵 마이셀프! 무의식중에 테이프를 따라 했던 한 문장이 한숨처럼 흘러나왔습니다. 다친 데는 없어요? 누군가 어깨를 다독이며 물었습니다. 지옥 입구까지 갔다 왔으니 마음 다치지 않은 건 아니지만, 멀쩡한 몸을 들키는 게 쑥스럽고 머쓱해 연신 고개만 숙였습니다. 별 따러 가는 커브길, 가끔 늪으로 빠지기도 하는 게 삶이겠지요.

다래 담배집

오래전, 은사님 개인전에서 마음에 드는 그림 한 점을 만난 적이 있습니다. 빛바랜 담배 간판이 흰 벽에 걸려 있고, 처마 아래엔 노란 벤치가 놓여 있었지요. 휘돌아선 골목 어디선가 장정 한둘이 담배를 사러 나올 것만 같은 낯익은 풍경이었습니다. 제 어린 날을 상기시키는 담배포가 있는 풍경이었지요. 예상하지 못했던 지점에서 기억의 이동선이 천천히 뒤로 되감기는 순간을 경험했습니다. 아련한 감동과 먹먹함에 오래 그림 앞에 머물렀습니다.

시골에 살 때 우리집은 담배포를 했습니다. 담배와 잡화를 파는 구멍가게였지요. 가게는 신작로를 사이에 두고 본채와 마주하고 있었습니다. 다래 담배집. '달'이 뜨고 '내'가 흐르는 '다래'라는 마을 이름을 따라 사람들은 가게를 그렇게 불렀습니다. 식구들끼리는 살림집인 본채와 구분하기 위해 '점빵'이라고 불렀습니다. 전매청에서 허가를 내주는 담배포는 한정되어 있었습니다. 마을 이십 리 안팎에 담배포가 하나 있을까 말까 할 정도로 담배 가게가 귀한 시절이었습니다. 자연스레 다래 담배집은 이웃 동네끼리의 정보 집합소 역할을 했습니다. 웬만한 소식은 다래 담배집에서 퍼졌다가 다시 모이곤 했습니다.

오일장이 서는 날이면 담배포는 그야말로 불이 났습니다. 아직 십 리나 남은 읍내 장터, 신작로를 지나던 장꾼들은 입 동무라도 삼으려고 담배 한두 갑씩을 사갔습니다. 귀가하는 해거름에는 너나 할 것 없이 보루째 사들고 가곤 했습니다. 새마을, 청자, 태양, 거북선 그리고 엽초. 지금은 사라지고 없는 그 담배 이름들을 사람들은 부지런히도 찾았습니다. 제 눈에는 라면땅, 크라운산도, 눈깔사탕이 더 맛있어 뵈는데 어른들은 그런 것은 거들떠보지도 않았습니다. 오로지 네모난 곽에 스무 개씩 하얀 막대처럼 담긴 담배만을 원했습니다. 어린 제게 그건 불가사의 세계였습니다. 호기심에 골방 장롱에 숨어들어 담뱃불을 붙여 본 것은 담배포집 딸로서 당연히 겪은 에피소드이긴 합니다. 글로 회상할 만큼 극적인 내용이 아닌 게 아쉽다고나 할까요.

산골에 추위가 온다는 신호는 담배포 간판 흔들리는 소리로

시작되었습니다. 겨울이 깊어가는 내내 그 소리는 크레센도로
변주되곤 했습니다. 세찬 바람 골을 따라 담배 간판은 쇳소리를
내며 울부짖었습니다. 휘익휘익 피리릭피리릭. 무섭고 떨리는
소리인가 싶다가도 한편으론 먼 곳의 피리소리 같은 특이한 내

음이 묻어나곤 했습니다. 익숙한 공포와 생경한 음색이 만들어

내는 그 소리에 한껏 귀가 쏠리곤 했습니다. 어린 귀에 박히는 복

잡 미묘하고도 이국적인 그 소리가 싫지는 않았습니다.

가을걷이를 끝낸 남정네들은 담배포가 있는 가겟방으로 모여들었습니다. 지금 생각하면 몹시 좁았을 그 공간이 사랑방 구실을 했습니다. 무료한 겨울이 어서 빨리 지나기를 바라면서 장정들은 화투장을 두드리고, 장기알을 주고받곤 했습니다. 제 귀는 어른들의 그런 소요보다 담배간판 흔들리는 소리에 고정되곤 했습니다. 공포와 매혹이 공존하는 칼바람 연주 속에서 지금으로 치자면 얼음 왕국 같은 조금은 차갑고 엉뚱한 동화적 상상의 나래를 펼치곤 했지요. 아버지 등 곁에 꼽사리로 끼어 담배 간판 소리에 귀를 열어놓고 있다 보면 어느새 가겟방은 자욱한 담배 연기로 차오르곤 했습니다.

마을은 댐으로 수몰될 예정이었고, 너무 이른 나이에 고향을 떠날 수밖에 없었습니다. 도시에 버려진 저는 한동안 우리집 담배포가 몹시 그리웠습니다. 그 겨울, 담배 연기 가득했던 점빵의 번잡스러움도, 빈둥거리거나 바지런했던 마을 장정들의 거친 숨소리도 모두 떠올랐습니다. 북풍이 지날 때마다 쇳소리를 내며 울부짖다 이내 피리 소리로 바뀌던 간판 소리는 그 리듬까지 기억날 정도였습니다.

인터넷 서핑을 하다 보면 옛날 물건들을 소개하는 사이트를 만납니다. 그곳에서 추억 서린 청자, 새마을, 거북선 같은 담배를 만나면 슬그머니 미소가 그려집니다. 드물게 70년대풍 붉은 담배포 간판이라도 눈에 띄면 옛친구를 만난 것 같은 아련함에 오랫동안 눈길이 머물곤 합니다. 이 글을 정리하다 말고 담배포가 있던 신작로 풍경이 궁금했습니다.

오랜만에 고향마을에 들렀습니다. 옛사람 떠난 자리에 댐 물만 가득합니다. 댐 어귀를 서성입니다. 선착장 오른쪽으로 집터 위치를 가늠해 봅니다. 늪으로 변한 저 땅 어디쯤에 신작로와 담배포와 살림집이 있었지요. 만수위가 되면 그 늪조차 물속에 잠겨들곤 한다지요. 먼발치로 옛집을 떠올리며 그 겨울 담배 간판의 시간으로 다시 연결합니다. 뒷산을 넘어온 황소바람이 담벼락을 휘돌아 간판을 깨웁니다. 이내 담배, 라는 빨간 글씨가 겹쳐지며 쇠 간판이 흔들리기 시작합니다. 공포와 매혹이 연주하던 그 유년의 무대로 서서히 빠져듭니다.

2부

날마다
다사롭게

스칼라 산타, 계단

블로그 알림창이 뜹니다. 3년 전 오늘 날짜에 올린 당신의 글을 확인하세요. 그런 시절이 있었나 싶게 방치해둔 온라인 공간에서 짧은 글과 함께 사진 몇 장이 보입니다. 로마 스칼라 산타 주변 몇 컷에다 헬레나 씨 부부에 대한 단상이 적혀 있습니다. 스쳐지나가든 오래 곁에 머물든, 따뜻한 인연들과의 시간은 늘 여운을 남깁니다. 정작 본인들은 그런 선한 영향력을 끼쳤다는 낌새조차 의식하지 못하겠지만요.

여행에서 헬레나 씨 부부와 저는 같은 조원이었습니다. 초로의 헬레나 씨 남편은 차에 오르면 제일 먼저 일행의 간식이나 안부를 챙겼습니다. 내릴 때면 습관적으로 주위를 둘러보고 떨어진 쓰레기를 줍곤 했습니다. 좋은 것의 덤은 양보하고, 궂은 것의 덤만 갖는 게 몸에 밴 분 같았습니다. 그게 못마땅한 헬레나 씨는 잔소리를 했지만 그게 더 다정해보여 일행들은 웃곤 했습니다.

티볼리 숙소 근처의 난전부터 얘기해야겠습니다. 체리와 납작복숭아를 비롯한 과일, 올리브 무늬 원피스와 바람막이용 스카프 같은 입성, 느긋하면서도 활달한 현지인에 이르기까지 이국적인 감흥들이 넘쳐났습니다. 저토록 황홀한 풍경을 두고도 가이드는 호텔 밖 출입을 불허하겠답니다. 마감 이후의 일정에 대해서 책임지고 싶지 않은 속내를 '해 저물면 위험한 곳이 여행지'라는 말로 에둘러 말했습니다. 밤이 오려면 멀었고, 마땅히 할 일이 없었던 저와 헬레나 씨는 어스름의 시장을 구경하기로 했습니다.

이국의 풍광에 너무 취했을까요. 눈 깜짝할 새, 지나던 세단과 맞부딪쳤습니다. 헬레나 씨는 엉덩이를 차문에 부딪쳤고, 저는 달려드는 범퍼를 저지하느라 오른손목이 살짝 꺾였습니다. 중년의 운전사는 미안한 내색은커녕 차에서 내리지도 않았습니다. 멀어지는 차 꽁무니를 보면서 화가 나기보다 창피함이 몰려왔습니다. 외출을 삼가라던 가이드의 단호한 표정이 떠올랐습니다. 헬레나 씨와 저는 동시에 눈빛을 주고받았습니다. 일탈의 벌로 얻은 상처와 난처함에 대해 비밀을 공유하게 된 것이지요.

다음날 헬레나 씨가 말했습니다. 어제저녁 시장에서의 일은 입도 뻥긋 안 했어. 근데 내 얼굴빛이 안 좋았는지 남편이 자꾸 무슨 일 있냐고 물어. 걱정 마. 작은 고통에서 큰 기쁨까지 온 인류를 위해 기도했대.

그제야 전날 스칼라 산타에서의 헬레나네 아저씨 모습이 떠올랐습니다. '스칼라 산타'는 거룩한 계단이라는 뜻입니다. 저마다의 사람들은 '거룩한 계단'을 무릎걸음으로 오릅니다. 예수님의 고통을 나누고 자신의 죄를 돌아보는 의미입니다. 제 여행의 의미 가운데 하나도 그곳에서 잠시나마 스스로를 돌아보는 것이기도 했습니다. 대리석을 감싸는 나무 계단을, 이방의 여행객에 묻혀 천천히 기어오르고 싶었습니다. 하지만 결심과 결과는 다른 법. 카메라가 무겁고 가방도 맡길 수 없다는 현실적인 핑계를 대며 무릎을 꿇지도 기도하지도 않았습니다. 무릎걸음용 오른쪽 계단 대신 도보용 중앙 계단을 선택해, 착실한 여행객들이 묵언의 무릎으로 올라 반들반들해진 성단을 셔터에 담았을 뿐입니다.

와중에 헬레나네 아저씨가 눈에 들어왔습니다. 고희를 훌쩍 넘긴 분이, 아픈 무릎을 꿇고 한 계단 한 계단 2층 예배당 입구를 향해 오르고 있었습니다. 빨판을 잃은 달팽이처럼 느리게, 하지

만 작정한 듯 내딛는 아저씨의 무릎걸음에는 간절함이 담겨 있었습니다. 너무 애잔하고 진지한 그 구도의 시간은 차라리 외면하고 싶은 그 무엇이었습니다. 저렇게까지 할 필요 있나, 연민이나 구차함의 감정이 제 안에 아주 없었다고는 말하지 못하겠습니다. 타자의 고난을 공감하고 내 하루를 반성해야 하는, 실체적 행위를 거른 자의 자기합리화가 발동되었는지도 모르겠습니다. 하지만 선명한 그림 같은 그 기도 속에 제 안위도 포함되었으리라는 생각에 이르자 부끄럽기만 했습니다. 헬레나네 아저씨의 기도 덕에 제 일탈의 벌이 그 정도에 그쳤다는 생각이 들었습니다. 제 복만 기원한 끝에 곁다리로 끼워주는 기도가 아니라, 온 인류가 우선인 소망을 기도한다는 아저씨의 진실함이 통하지 않을 리 없었겠지요. 그만하기 다행이다, 는 말은 그냥 생기는 말이 아니었습니다. 그만하기 다행일 수 있도록 부지불식간에 누군가는 길을 잡아주고 배경이 되어 줍니다.

손목의 욱신거림은 완전히 사라졌지만 그날 스칼라 산타의 시간만은 아슴아슴할 때까지 떠오를 것 같습니다. 진지한 믿음과 이타적 자애로 가득한 사람들은 타인의 시선과는 상관없이 삶 자체가 충만합니다. 그들은 계단을 오르기 전에도 이미 성실하고 친절했지만, 계단을 오르면서 그 마음들은 더욱더 이타적으로 승화합니다. 누군가의 따스한 수고나 진심 어린 선의 덕에 우리의 삶이 다사로워진다는 생각에는 변함이 없습니다. 그것을 제 것으로 소화하기 어려운 것 또한 변함이 없다는 사실에 뜨끔해지곤 합니다. 마땅히 그러해야 하는 것 앞에서 지키지 못한 약속들, 꼭 그리해야지 해놓고 현실에 닿으면 미적대고 망설인 날들이 하 몇 날인지요. 반성문을 되새김질하기도 전에, 어리석게도 저는 또 다른 여행을 꿈꿉니다.

존재의 위안

며칠 앓았습니다. 게을러서 미루기만 했던 일을 하느라 몸과 마음이 지칠 대로 지쳤습니다. 코 안이 헐고 입술은 부르트고 목은 따끔거렸습니다. 온몸이 선인장 가시를 두른 듯 쑤셨지요. 해삼처럼 몸이 바닥으로 퍼지는 느낌이었습니다. 벗들과 마음공부하러 가는 날입니다. 휴식보다 나은 치료는 없을 터, 한나절이라도 쉬고 싶었습니다. 공부 선약을 지킬 수 없게 됐다고 양해를 구했습니다. 대충 빨랫감만 치워놓고 드러누우려는데 초인종이 울렸습니다. 택배기사인가 싶어 얼른 문을 열었습니다. 약속 취소 양해 문자를 받은 벗들이 들이닥칩니다. 문병이란 건 핑계였습니다. 얼마나 재바른 손인지 그 바쁜 아침 시간에 이것저것 챙겨서 공부하러 가는 길에 부려놓습니다. 차 한잔하고 가라는 말을 할 틈도 주지 않고 금세 사라져버립니다. 곰국, 미역국, 레몬차, 복숭아효소, 물김치 등 아픈 사람 기운 돋게 하는 먹거리 앞에서

울컥하다 못해 망연자실하고 맙니다.

우리 삶은 환희와 명랑과 광채로 들썩이는 날보다 굴욕과 절망과 고립의 나날일 때가 더 많습니다. 어쩌면 그 두 현상은 비슷하게 벌어지는데, 우리가 겪는 감정의 골이 후자가 더 긴지도 모르겠습니다. 기억해도 좋을 감정보다 잊고 싶은 감정이 우리 내부를 더 많이 휘젓고 다니기 때문이지요. 간단하지 않은 이 삶에서 우리가 위로받을 곳은 친구입니다. 다정한 존재 하나가 온 우주를 커버할 만큼 큰 위력을 발휘합니다. 알랭 드 보통이 말했습니다. 친구란 우리가 가진 많은 것들에 대하여 더 적극적으로 정상이라고 판단해줄 만큼 친절한 사람이라고.

우정을 얘기하는 고사성어 중에 간담상조肝膽相照라는 말이 있습니다. 말 그대로 간과 쓸개를 꺼내 보일 수 있는 흉허물 없는 사이를 말합니다. 당나라 때 어려운 처지에서 더 어려운 친구를 생각한 유종원의 우정을 기리는 묘비명에서 따온 말인데, 그만큼 간담상조하기가 어렵기 때문에 이런 말이 오래 회자되는 것 같습니다. 평화로운 나날에는 웃고 떠들고 기뻐하며 친구 되기도 쉽습니다. 하지만 막상 이해득실에 얽히면 눈 돌리고 고개 틀어 서로 모르는 얼굴을 하는 게 사람입니다.

간, 쓸개 보여주는 극단의 우정까지 갈 필요는 없습니다. 그 정신으로 주변의 친구들에게 최선을 다하는 것이 중요하겠지요. 관계란 언제나 상대적입니다. 사람 사이 호불호 역시 상대적이며 비논리적입니다. 객관적이지도 않고 정답도 없지요. 타인에게 괜찮은 사람이 내게 와선 비호감이 되는가 하면, 나와는 둘도 없는 사이지만 타인에겐 비호감이 되기도 합니다. 대개의 관계는 교감 즉 서로 주고받음으로 형성되는데, 그것은 언어뿐만 아니라 몸짓, 발짓, 눈빛으로 서로에게 전달됩니다. 그것이 어떤 의미인지는 서로가 압니다. 스스로 느끼는 만큼 상대도 느끼는 것이지요. 그리하여 한 번 잘못 엮인 감정은 재고의 의지마저 꺾어놓습니다. 그 노력이 부질없어 보이면 가만두면 됩니다. 인위적인 노력보다 자연스런 불편함이 나을 때도 있으니까요.

우정으로 다진 감정은 전염될수록 좋습니다. 유행가 가사처럼 행복해야 해, 라고 소망하는 날들입니다. 물질적 소유에서 오는 행복감이 행복의 전부가 아님을 뼈저리게 느낍니다. 명품 가방과 비싼 모피 코트가 주는 행복감은 길어봤자 일주일이나 한 달을 넘기지 못할 것이에요. 반면에 주변 사람이 주는 행복감은 여행 또는 독서가 주는 행복감만큼이나 위안이 됩니다. 마음을

열지 않으면 봐도 잘못 보게 되고, 만져도 허투루 만지는 것이 됩니다. 물질적 소유물보다 경험의 교류가 최우선으로 자리해야 하는 이유이지요.

　최대 행복을 구하는 지름길 중의 하나는 긍정의 에너지가 넘치는 사람들을 가까이 하고 좋아하는 일임을 고백합니다. 행복을 전파하는 사람 곁에 있으면 저 스스로도 행복해집니다. 반면에 불행을 연주하는 사람 곁에 있으면 저 역시 불행해집니다. 행복해지고 싶으면 역경에도 굴하지 않고 긍정의 에너지를 발산하는 사람 곁에 줄을 서고, 불행해지고 싶으면 순경順境에도 비탄과

부정의 기운을 풍기는 이 곁에 붙으면 됩니다. 오죽하면 친구의 친구가 행복해도 나에게 행복의 기운이 전해진다는 말이 있을까요. 행복은 전염될수록 좋습니다. 저부터 행복해지는 연습이 필요한 이유겠네요.

모든 이를 친구 삼겠다는 생각만 버려도 좋은 친구를 얻을 수 있습니다. 친구를 얻으려면 먼저 친구가 되어주면 됩니다. 우정이 없다고 신세타령할 시간에 우정을 찾아 나서면 됩니다. 상대에게서 완벽함을 찾는 게 아니라 결핍이나 과잉마저 인정할 때 우정은 지속됩니다. 그러고 보니 착한 벗들에게 제가 할 수 있는 최대의 간담상조는 좋은 친구가 되려는 노력이겠습니다. 실팍하고 복잡한 세상, 참을 수 있는 존재의 위안, 그것이야말로 친구이자 우정이니까요.

백문이 불여일견

저는 뭐든 잘 버립니다. 안 그래도 좁은 집, 그리 필요치 않은 물건이 여기저기 쌓이는 걸 참아내지 못합니다. 틈 날 때마다 뭐 떠나보낼 게 없나 살피곤 합니다. 보내는 입장에선 홀가분해서 좋고, 떠나는 물건 입장에선 사랑받을 새 주인이 생겨서 좋고. 버려야만 하는 자로서 저런 변명이나 합니다. 어쨌거나 버리지 못하는 것보다는 잘 버리는 편이 낫다고 말하곤 합니다.

우리가 잘 버리지 못하는 이유 중 하나는 알뜰 콤플렉스 때문일 수도 있습니다. 저와 동시대를 지나온 이들은 아껴야 잘 산다,라는 말을 캠페인 문구처럼 듣고 자랐습니다. 불필요한 물건을 놓아준다고 해서 가난뱅이가 되는 것도, 그것을 품고 간다고 해서 부자가 되는 것도 아닌데 말입니다. 아깝다는 이유 하나만으로 쓰레기나 다름없는 물건을 쌓아두는 건 그다지 합리적이지 못합니다.

잘 버리는 자들은 처음부터 잘 들이지 않는 경향이 있습니다. 언젠가는 떠나보내야 할 것을 알기에 될 수 있으면 물건을 잘 들이지 않습니다. 진실을 말하자면 버릴 물건이 원래부터 그다지 없는 편에 속하지요. 최소한의 물건으로 버티다가 그마저 필요치 않게 되면 떠나보내는 것이니까요. 둘 자리가 넉넉했다면 이런 습관은 들지 않았겠지요. 마당 없는 아파트 생활을 하면서 공간을 규모 있게 활용하고픈 맘에서 생긴 습관입니다. 코로나 핑계로 바깥 활동을 하지 않은 이유가 있긴 하지만, 올해 들어 새 신발이나 새 옷을 산 적이 없습니다. 알뜰해서가 아니라 뭔가 쌓이거나 넘치는 걸 경계하다 보니 그렇게 됐습니다. 내친김에 유행하는 미니멀리즘까지 나아가면 좋겠지만, 그러기엔 특정 물건에 대한 은근한 애정이나 감성적 회고에서 완전히 자유로운 것은 아닙니다.

책방 청소를 하는데 구석 밑자리에 있던 엘피판들이 청소기에 걸려 쏟아집니다. 이때다 싶어 와르르 부려내 한 컷 담았습니다. 삼십여 년 묵은 사연들이 먼지 낀 표지 위로 풀썩입니다. 버릴까 말까 숱한 망설임 끝에 살아남은, 저에겐 골동품에 속하는 것들입니다. 힘겨운 십대와 이십대를 건너는 동안, 감성적 물결로 제 곁을 지켜준 친구입니다. 그때의 청춘들은 라디오나 카세트 테이프 그리고 엘피 디스크로 음악 감상을 하곤 했지요. 추억을 소환하고 시간을 경작한 그 물건들을 누군들 함부로 버릴 수 있을까요.

몇 번의 이사를 하면서 부피가 큰 오디오 시스템 기기를 가장 먼저 버렸습니다. 턴테이블과 카트리지 바늘만은 따로 빼둘까 하다가 몽땅 버렸었지요. 새로운 밀레니엄이 온다고 매체들은 떠들었고, 그 예라도 되듯 엘피판이나 테이프로 된 음원 기기가 속절없이 무너지던 시대였으니까요. 와중에 엘피판들만은 도저히 버릴 수가 없었습니다. 발품을 팔아 사거나 선물로 받은 그 디스크 안에는 청춘을 감내하던 풋것의 시간이 고스란히 담겨 있었으니까요. 아무리 버리기 좋아하는 선수라 해도 이어질 듯 끊어지는 한 시절을 소환하는 매개물 앞에서는 망설이게 되니까요.

잠시 그 시절을 환기해 봅니다. 카트리지 바늘이 엘피 홈에 스치면서 원판이 돌아갑니다. 기다려도 오지 않을 게 뻔한 소식을 기다리며 바흐의 무반주 첼로 모음곡을 들었고, 불안한 미래에 대한 사념을 가눌 길 없어 모차르트의 미사곡에 카트리지를

엎곤 했지요. 쓸데없이 성찰하고 불필요하게 막막해하던 스스로
를 음악 속으로 유폐시키던 시간들이었지요.

　이제껏 버리지 않아서 거추장스러웠던 적은 있어도, 버리고
나서 후회한 적은 거의 없습니다. 하지만 버리지 않아서 다행인
게 세상엔 얼마나 많은지요. 그간 너무 쉽게 추억이나 향수를 버
렸다는 생각이 듭니다. 그래서일까요. 언젠가부터 복고의 풍경
이 아슴아슴 떠오르더니 턴테이블이 갖고 싶어졌습니다. 꼼꼼한

남편은 이게 나아, 저게 좋아 하면서 검색만 열심입니다. 쉽사리 들일 결정을 하지 못하는 이유는 당연히 제게 있습니다. 기왕의 물건들은 자리가 정해져 있고, 아무리 둘러봐도 턴테이블이 놓일 만한 맞춤한 장소가 없습니다. 걸리적거린다고 버림당할 것을 저어해 확실한 공간이 확보될 때까지 주저하게 되는 것이지요. 새로운 하나를 위해 기존의 무언가를 비워야 하는 우리집의 한계, 아니 제 품의 한계만 실감합니다. 그 공간을 만들 때까지는 옛 친구가 해준 말로 위안이나 삼아야겠습니다.

그 시절, 서울로 유학 간 친구에게 엘피판을 선물한 적이 있습니다. 친구 왈, 자취 살림에 잦은 이사가 성가셔 턴테이블을 없애 버렸답니다. 제가 건넨 음악을 들을 수 없음을 아쉬워하며 이런 위트 있는 회답을 보내왔었지요. 백문이 불여일견. 백번 듣는 것보다 한 번 보는 게 낫다나요. 저 음반들 역시 지금은 백번 듣는 것보다 한 번 보는 게 더 짜릿할 테지요.

좋은 사람

공자와 자공의 수많은 대화 중 '좋은 사람'에 관한 부분은 제법 회자됩니다.

자공이 묻습니다.

"마을 사람이 다 좋아하는 사람은 어떻습니까?"

공자가 대답합니다.

"좋은 사람이 아니다."

"마을 사람이 다 미워하는 사람은 어떻습니까?"

공자가 대답합니다.

"좋은 사람이 아니다. 마을의 선한 사람이 그를 좋아하고, 마을의 선하지 않은 사람이 그를 미워하는 사람만 같지 못하다."

좋은 스승답게 공자님 화법은 에둘러 갑니다. 곧장 어떤 사람이 좋은 사람이다,라고 말하지 않고 독자로 하여금 두어 번 호흡을 가다듬을 여지를 줍니다. 우선, 공자님이 말씀하신 좋은 사람 아닌 것에 대해 짚어봅니다. 모든 사람이 좋아하는 사람이라면 야합에 물들었을 수 있고, 모든 이가 싫어하는 대상이라면 실없이 굴어 신뢰를 잃은 것일 수도 있겠지요. 그런 사람이라면 좋은 사람 아닌 것이 맞습니다.

좋은 사람 아닌 것을 예시로 들면서, 공자가 정의한 좋은 사람은 다음과 같습니다. 선한 사람이 좋아하고, 의롭지 못한 이들이 미워하는 사람이지요. 그런 사람이라면 부조리 앞에서 단호하게 비타협을 실천할 것이며, 어려운 문제 앞에서 사심 없이 공정함을 논할 것입니다. 공자의 '좋은 사람'이란 한마디로 참되고 정의로운 삶을 살아내는 이를 말합니다. 그런 사람이라면 착한 사람은 좋아할 것이지만, 나쁜 사람은 미워할 것이 자명합니다. 좋은 사람이 좋은 사람을 나쁘게 말할 리 없고, 나쁜 사람이라면 좋은 사람을 좋게 말할 가능성이 낮기 때문입니다. 공자가 궁극적으로 말하고 싶었던 것은 못된 사람으로부터 좋은 사람이라는 소리까지 들을 정도로 부정한 삶을 살아서는 안 된다는 것인지도 모르겠습니다.

하지만 공자가 정의내린 좋은 사람이 되거나, 그런 대상을 만나기란 쉬운 게 아닙니다. 현대를 살아가는 우리는 시시각각 타

협을 종용받고, 공정함 따위는 버리라고 재촉당합니다. 공자가
말한 '좋은 사람'을 꿈꾸기는커녕, 비겁함을 무기 삼아 조금씩
나쁘게 살아가는 편리를 택합니다. 좋은 사람에 대한 공자의 가

르침은 철학적 이상으로 새길 수는 있으되, 현실에서 접목하기란 쉽지 않습니다.

애초에 좋은 사람, 운운하면서 규정을 지으려고 한 것 자체가

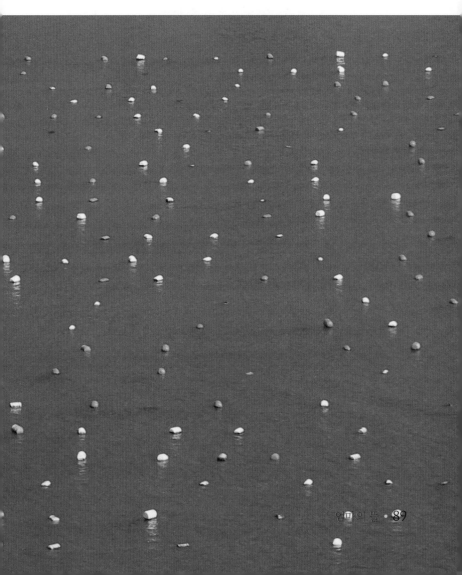

무의미하다고 봅니다. 완벽한 객관성을 담보하지 못한 그러한 판단은 하지 않을수록 좋기 때문입니다. 좋은 물건은 그냥 좋은 것이고, 좋은 사람은 마냥 좋은 것일 뿐입니다. 누군가를 좋아하고 챙기고 싶은 마음은 단순하게 설명할 수 있는 게 아닙니다. 심리적인 호응 관계에 기반한 지극히 감정적인 반응 체계니까요. 분명히 좋은 이유가 있을 테지만, 정확하게 말할 수 없어야 그 대상을 좋은 사람의 범주에 넣을 수 있습니다. 따라서 우리에게 필요한 덕목은 좋은 사람을 규정하는 것이 아니라 좋은 사람을 마음에서 자주 불러내는 일입니다. 좋은 사람은 정의 내리는 대상이 아니라 곁에 있음을 자각하는 거울 같은 존재니까요.

많은 곁사람들이 떠오릅니다. 감히 따라갈 수도 흉내 낼 수도 없는 정서적 감성과 예술적 감각을 지닌 다정한 사람들. 그들이 전하는 따뜻함과 성실함을 접하면서 세상엔 좋은 사람이 정말 많구나, 하고 반성합니다. 오늘만 해도 그렇습니다. 음나무 장아찌가 잘 익었다고 누군가가 집 앞까지 배달해주고 갑니다. 새집에 어울릴 거라며 오르골과 스노우볼을 놓고 가는 이도 있습니다. 며칠 앓았다는 것을 안 누군가는 죽 쿠폰을 전송해 옵니다. 천사 이름표를 단 것도 모자라 긍정의 에너지로 세상을 가꾸는 이들입니다. 처방전 없이도 받을 수 있는 명약이자, 예약하지 않아도 만날 수 있는 명의 같은 존재들, 울컥해집니다. 제 진심을 다 표현하기엔 오글거리고 그 마음을 다 갚기엔 아득하기만 합니다. 제대로 된 보답조차 없이 다만 오래토록 좋아할 뿐입니다. 은근히 까다롭고 대놓고 급한 제 곁에 훈풍 같은 여운이라니요.

좋은 것과 싫은 것에는 실체적 결론이 있는 게 아닙니다. 다만 좋아하고 싫어하는 호불호가 있을 따름이지요. 점점이 떠 있는 저 부표처럼 사람들은 닮은 듯 다른 듯 제 하루를 표류합니다. 그 단독자의 삶이 서로 엮여있음을 느끼는 때가 바로 여운을 맛볼 때입니다. 이런 날이면 공자님의 좋은 사람에 대한 정의를 제식으로 바꿔봅니다. 꿈속에서 공자의 제자가 된 누군가가 묻습니다.

"마을 사람이 여운을 남기는 것은 어떻습니까?"

공자가 대답합니다.

"좋은 사람이다. 마을의 선한 사람이 그를 좋아하고, 마을의 선하지 않은 사람이 그를 본받으려 하기 때문이다."

아뿔싸! 좋은 사람에 대한 정의가 없는 줄 알았는데, 공자님 앞에서는 어쩔 도리가 없습니다.

짧은 만남 긴 우정

우리가 만난 세월이 얼만데! 상대와의 관계가 얼마나 돈독한 가를 증명해 보이고 싶을 때 흔히 하는 말입니다. 오랜 기간 만나 왔으니 그 우정의 깊이는 재보지 않아도 알 수 있다는 뜻이지요. 하지만 시간과 우정이 꼭 비례하는 건 아닙니다. 학창 시절 친구 가 아무리 좋다 해도 서로 도움 주는 이웃만 못하고, 직장 동료와 종일토록 붙어 있다고 해도 마음 먼저 닿는 먼 친구만 못합니다. 한마디로 때와 장소 등 물리적 요인은 관계를 규정하는 절대적 인 잣대가 되지는 않습니다. 오래 알아왔다고 우정이 깊은 것도, 자주 만나는 사이라고 절친이 되는 것은 아니지요. 공감보다 나 은 친구는 없고 마음보다 앞선 우정은 없을 테니까요. 진심이 통 할 때 우정은 지속됩니다.

온라인에서 알게 된 친구들이 있습니다. 다섯을 묶은 출발점 은 '책'입니다. 어느 날부터 자연스레 의기투합하여 비정기적으로 만남을 가져왔습니다. 일부러 그렇게 모이기도 힘들 텐데 다섯 친구들은 운명처럼 전국에 골고루 흩어져 삽니다. 대전, 청주, 광주, 포항, 부산. 각자 뚜렷한 개성을 지녀 한 번만 만나도 어떤 성격인지 알 정도입니다.

좋은 날 불쑥 각자 기차를 타고 청주나 부산 또는 경주나 대전 그리고 광주 어디쯤에 모여 점심을 함께하며 수다를 떱니다. 읽은 책을 화제 삼고 가진 책을 나누며, 잘 쓴 작가를 부러워하고 읽고 싶은 책 목록을 공유하기도 합니다. 물론 고상한 척 책 이야기만 하는 건 아닙니다. 자식 걱정이나 자랑도 하고, 남편 흉이나 장점도 나눕니다. 각자의 회한도 돌이켜보고 앞일을 가늠해보기도 합니다. 주어진 하루가 짧다는 걸 알아서일까요. 오래 만나온 사람들이 나누는 것 이상으로 인간사 희로애락을 그토록 짧은 시간에 술술 풀어내곤 합니다.

이 매혹적인 모임은 한 친구 덕에 가능했습니다. 어떤 방해꾼도 없는 온전한 한나절의 해방구는 그녀의 기획 작품인 셈이지요. 열정과 선함이 몸에 밴 그 친구는 나머지 네 명을 적극적으로 아우르고 배려하고 챙깁니다. 우리는 그녀를 신뢰하고 따릅니다. 그녀가 마련한 멍석 마당에 자유롭게 퍼질러 앉아 수다 떨고 웃기만 하면 됩니다. 책과 사람에 대한 애정이 각별한 그녀에게 저는 '다정도 병'이라는 별명을 지어줬습니다. 그토록 다감하고 그토록 솔직하며 그토록 열정적인 친구를 일찍이 본 적이 없을 정도입니다.

그렇게 모임을 이끌던 친구가 멀리 떠나게 되었습니다. 미국인 남편을 따라 LA로 가게 되었지요. 환송회가 있던 날 키 크고 잘생긴데다 착하기까지 한 그녀의 남편 롭이 갑자기 나타났습니다. 양손엔 네 점의 그림이 들려져 있었습니다. 예술을 전공한 롭이 아내와 그 친구들을 위해 몇날 며칠 이별 선물을 준비한 것이지요. 아무도 생각지 못한 깜짝쇼였습니다. 안타까움으로 허해진 가슴에 훈풍이 깃들었고, 순식간에 눈물바다가 됐습니다. 아쉬움과 감동이 교차하던 시간이었습니다.

미국에 정착한 그녀는 새로이 간호학에 도전했습니다. 기전공인 패션과는 너무 먼 방향이라 의아했지만 그녀의 열정이라면 충분히 가능한 얘기였지요. 공부엔 나이가 없다는 걸 증명이라도 하듯 몇 년 만에 드디어 학위를 받게 됩니다. 내친김에 대학원에도 진학해 학계에 남고 싶어 합니다. 긍정적 마인드로 앞을 향해가는 그녀의 성정을 알기에 그것 역시 어려운 고지가 아님을

알고 있습니다. 취미이자 특기인 공부에 매진하는 그녀가 경이
롭기만 합니다.

　바쁜 와중에도 그녀는 친구들의 생일이나 경조사 등을 챙깁
니다. 그녀를 알게 된 후, 받는 데만 익숙했지 뭔가를 제대로 줘
본 적이 없습니다. 언제나 그녀보다 한발 늦습니다. 이번엔 큰맘
먹고 한발 앞서보기로 했습니다. 간호사 면허 취득 축하 겸 생일
축하를 해주고 싶었습니다. 탄탄대로만 남은 그녀에게 뭔가 의
미 있는 선물을 하고 싶었습니다.

졸업파티에서 입을 한복을 선물할까, 액세서리를 좋아하니 목걸이를 선물할까 이것저것 고민했습니다. 기왕이면 그녀가 받고 싶어 할 선물을 하고 싶었습니다. 몇 번의 밀당 끝에 제 진심을 안 그녀가 조심스레 말합니다. 청진기를 받고 싶답니다. 미국 간호사는 청진기가 필수랍니다. 선물 받은 청진기로 진료하는 간호사라니, 생각만 해도 멋진 일입니다. 아마존에 접속해 전문 청진기를 검색해봅니다. 그녀가 모델명까지는 끝내 말하지 않으니 화면 앞의 제 눈은 까막눈이 될 뿐입니다. 아쉽지만 차선책으로 송금이란 선물을 택했습니다. 며칠 뒤 청진기에다 제 이름을 새기고 싶다며 그녀가 연락해왔습니다. 쑥스럽지만 고집 피울 일은 아닌 것 같아 그러라고 했습니다.

작년 미국에서 만나자는 약속도 놓쳤고, 올해 서울에서 재회하자는 약속도 코로나 때문에 지키지 못하게 되었습니다. 하기야 만남 유무가 뭐 그리 중요하겠습니까. 마음이 있는 한, 우정은 계속되는 것이니까요. 간호사로 멋지게 성장할 그녀를 멀리서나마 응원해 봅니다.

첫맛

바닷가를 지나다 트럭 행상을 만났습니다. 한 차 그득 쌓아놓고 파는 것도 놀라운데, 그 내용물이 한라봉이라는 데서 더욱 놀랍니다. 감귤이 흔해진 지는 오래지만 업그레이드 된 파생 종류마저 흔하디흔한 세상이 올 줄 몰랐습니다. 한 컷 담겠다는 양해를 구하며 신기해하자, 사장님 왈, 제주 농장과 직거래하기 때문에 신선한 상태로 박리다매가 가능하다나요.

제가 귤을 처음 본 것은 1974년 겨울 무렵이었어요. 삼촌이 귀향길에 사온 것이지요. 깡촌 아이였던 제게 귤이란 어린이 잡지책 광고에서나 볼 수 있는 상상의 과일이었지요. 주황빛 부드러운 껍질을 벗겨내자 촘촘하게 박힌 과육이 보이고, 그것을 가르면 초승달 모양의 여러 조각이 되는 거예요. 모양부터 이국적이라 경이로웠지요. 조심스레 한 조각 베어 물면 입안으로 퍼지는 달콤함도 잠시, 목구멍을 적시는 새콤함에 온몸이 저릿해졌

습니다. 천상의 맛이 따로 없었지요. 귤 종류를 그다지 좋아하진 않지만, 제게 그건 어디까지나 귤이 흔해지고 난 뒤의 일입니다. 바나나 같은 건 구경도 못할 시절에 귤은 그 첫맛만으로 어린 입맛을 사로잡았더랬지요.

귤의 첫맛이 입맛의 로망을 실현시킨 보편적인 예라면 그 반대의 경우도 가능할 거예요. 기대한 맛을 충족시킨 추억이 아련함에서 그친다면 실망한 맛을 남긴 추억은 하나의 이야기가 되는 거지요. 사회적 거리 두기를 하는 요즘, 틈날 때마다 지브리 스튜디오의 애니메이션을 찾아서 봅니다. 판타지가 아니라 지난날에 기대는 몇몇 작품은 제가 지나온 시절들과 아주 닮아 있어요. 다카하타 이사오 감독의 '추억은 방울방울' 보는데 눈물이 핑 돌다가 곧장 웃음이 터지는 거예요. 파인애플 첫맛에 관한 시퀀스 덕분이지 뭡니까.

가족 온천 여행에서 돌아오는 길, 5학년 타에코는 보기에도 요상한 파인애플을 보고 졸라서 사게 됩니다. 하지만 식구들은 먹는 방법을 모릅니다. 다음날 큰언니가 배워온 방법대로 엄마는 중간을 잘라 박힌 심을 발라냅니다. 피자조각 같은 노란 파인애플 속살이 드러나고, 할머니를 비롯한 모인 식구들 눈동자가 일제히 파인애플 위에 동그랗게 꽂힙니다. 찰나의 긴장된 침묵이 끝나고 식구들은 저마다 한 조각씩 베어 뭅니다. 천상의 맛을 기대했건만, 그날 파인애플 맛의 진실은 썰어놓은 무맛만도 못합니다. 먹기를 포기한 채, 애써 외면하는 식구들의 눈치를 보면서 타에코는 꾸역꾸역 파인애플 조각을 입안으로 밀어 넣습니다. 역시 과일의 왕은 바나나야, 이런 혼잣말을 내뱉어보지만 위로가 될 리 없습니다. 어린 타에코와 제가 다른 점이 있었다면 그 때까지도 저는 바나나를 구경한 적이 없었다는 거예요.

비슷한 기억 하나를 소환하지요. 도회로 이사 온 후, 입주 과 외를 하던 오빠가 첫 월급을 타서 과일을 사온 적이 있어요. 백화 점에서 파는 과일 바구니 속, 구색 맞춰 담기는 것 중 하나라는 것만 알았을 뿐, 이름도 속도 모르는 과일이었어요. 거친 박처럼 생긴 그것을, 타에코네가 그랬듯이 우리 식구들 역시 먹는 법을 알 리 없었지요. 일차로 엄마가 과도로 자르기를 시도했습니다. 칼끝이 끄떡도 하지 않았지요. 첫 귤을 먹던 그때가 떠올라 저는 자꾸만 목구멍으로 침을 삼켜야만 했어요. 생채기로 얼룩진 채 끄떡도 않던 그 요물은 오빠가 식칼을 들고 힘자랑을 한 뒤에야 실체를 드러냈어요. 어슷하게 잘린 과일 머리 사이로 오줌 줄기 같은 물이 흘러내립니다. 식구들 눈빛은 적잖이 당황하고, 새콤 달콤한 과육을 기대했던 저는 실망감에 주저앉고 맙니다. 무맛 보다 못한 음료 한 잔, 그게 그날 얻은 수확의 전부였습니다. 한 참 뒤에야 그것이 야자열매인 코코넛이란 걸 알게 되었지요.

확실히 첫맛은 환희에 찬 '새콤달콤'보다는 실망으로 소침해 진 '텁텁밍밍함'이어야 해요. 달콤한 첫맛은 너무 당연한 기억이라 우리의 정서에서 소환될 기회가 후자보다는 못해요. 마치 귤 맛에 익숙해진 제가 더 이상 그것에 미련을 두지 않는 것처럼요. 기대했던 첫맛에 아려본 적 있을수록 삶의 소환장에 기록될 확률이 높아요. 때 이른 계절의 파인애플 맛을 만나거나 전혀 엉뚱한 코코넛 내용물의 실체를 알아챌 때, 우리 삶은 풍성해지고 공감 지수가 높아지니까요. 예견된 미감이나 충족된 호기심보다 실패한 환희나 실망했던 기대감이 더 나은 재산이 되는 셈이지요. 기상천외의 짠함으로 버무린 웃거나 울게 하는 온당한 좌절, 누가 뭐래도 그건 그 자체로 진실된 에피소드가 되는 거예요. 아주 오래된 그 첫맛은 마법의 주문이 되어 누군가를 독려하고 진작시키는 힘이 되니까요. 과일에서 사랑까지, 첫맛이라면 다소 텁텁하거나 호되어도 나쁘지 않아요. 적당히 무너져줘도 괜찮은 거예요.

각설하고, 그대들의 첫맛은 안녕하신지요?

내 이름은

김살로메. 제 필명입니다. 대부분의 사람들은 이 이름에 관심을 보입니다. 특이한 이름이네요,라며 호기심을 보이거나 세례명이죠,라고 눈치 빠르게 되묻곤 합니다. 호의적인 그들은 눈빛으로 '진짜 이름은 뭐예요?'라고 말합니다. 눈치껏 진짜 이름을 말하는 순간, 빵 터지는 웃음소리.

젊은 날 성당 다니던 시절, '살로메'라는 세례명이 있다는 것을 알게 되었지요. 좋아하던 작가 루 살로메를 차용할 수 있는 좋은 기회였습니다. 성녀 살로메와 루 살로메, 중의적 의미의 그 이름은 그렇게 제 곁으로 왔습니다. 세례명은 자연스레 필명으로 이어졌습니다. 치기 서린 시절의 선택이었지만 나쁘지 않았습니다.

이런 사정을 알 리 없는 문단 원로분께서 필명을 바꾸는 게 좋겠다고 충고하셨습니다. 이름이 곧 사람인데, 세례 요한의 목을 요구한 악녀 이미지가 먼저 떠오른다나요. 루 살로메에 경도되었던 젊은 날이었기에 거기까지 살피지는 못했습니다. 하지만 알았다고 해도 다른 이름을 택하지는 않았을 것 같습니다. 한쪽으로 치우친 듯한 느낌의 이 필명도 나쁘지 않다고 생각하니까요.

제 진짜 이름은 '김복남'입니다. 1960년대산 산골 출신 이름치고도 촌스럽습니다. 그 시대 여자이름에 흔하게 붙는 '자'자 돌림이 상대적으로 세련되어 보일 정도로 우스꽝스럽습니다. 아닌 게 아니라 놀림을 많이 받았습니다. 당시 유행하던 노래 두 곡이 놀림의 전주곡이 되곤 했습니다. '꼬꼬댁 꼬꼬 먼동이 튼다. 복남이네 집에서 아침을 먹네. 옹기종기 모여 앉아 꽁당 보리밥, 꿀보다도 더 맛 좋은 꽁당 보리밥. 보리밥 먹는 사람 신체 건강해.' 남자애들은 제 눈만 마주쳐도 이 노래를 불렀습니다. 너무 싫었습니다. 당시 월간지인 '어깨동무'나 '새소년' 같은 어린이 잡지를 펼치면 서울우유 광고가 나왔습니다. 단란한 네 식구가 식탁에 앉아 토스트에 흰 우유를 곁들여 먹는 모습이었습니다. 도회지 사람들의 이런 아침 풍경을 꿈꾸던 저에게 꽁당보리밥 노래는 현실을 돌아보게 하는 조리돌림 같은 수치심을 안겨주었습니다.

거기서 끝이 아니었습니다. 제2탄이 장전되곤 했으니까요. '복남이네 어린아이 감기 걸렸네. 복남이네 어린아이 감기 걸렸네. 복남이네 어린아이 감기 걸렸네. 모두 다 찾아가서 위로합시다.' 2절까지 무려 '복남이'란 이름이 여섯 번이나 들어가는, 제게는 공포이자 폭력 같은 노래였지요. 확인 사살하듯 '콜록' 또는 '에취'라는 감탄사로 마지막을 장식하는 남자애들의 뒤통수라도 갈기고 싶었습니다.

어른이 되었다고 이름에서 자유로워진 건 아닙니다. 분주한 한 모임에서였습니다. 무슨 이유로(아마는 좋은 이유였을 거예요!) 제 필명인 '김살로메'가 불렸습니다. 순간 제가 뒷자리에 앉아 있는 것을 모른, 앞자리의 남자분 둘이 귀엣말을 했습니다. 잘 들리진 않았지만 그들의 뒷모습만 봐도 어떤 내용인지 알 것 같았습니다. '살로메 진짜 이름이 뭔지 알아?', '알고 말고. 김복남!' 이런 대화들이 오가는 것 같았습니다. 이어진 이야기는 패션디자이너 앙드레 김, 김봉남 선생에 관한 것이었을 테고, 어쩌면 '꽁당보리밥' 노래까지 들먹였을지도 모릅니다. 마주 보며 키득거리기까지 했으니까요. 아무 잘못 없는 그들에게 욱, 하는 마음이 생겼습니다. 제 상상력의 범위가 너무 나간 것이지요. 저도 모르게 어린 시절이 오버랩된 모양입니다.

철든 이후 제 이름을 불편해하거나 불명예스럽게 생각해 본 적은 없습니다. 부모님을 원망해 본 적도 없습니다. 그런 마음이 조금이라도 있었다면 개명하기 좋은 요즘 세상, 얼른 법원으로 달려갔겠지요. 제 이름의 정체성에서 벗어나 본 적도 없고, 벗어나려고 시도하지도 않습니다. 도리어 유머로 삼을 만큼 연륜도 생겼습니다. 자연인 김복남은 김복남이고, 쓰는 자로서 김살로메는 김살로메일 뿐이니까요.

재미로 들른 철학관에서 제 이름이 좋지 않답니다. 앉은 자리에서 삼십만 원을 내고 개명할 이름을 받아 가랍니다. 어느 정도 예상한 일이라 저는 그 돈으로 쇠고기나 사 묵지, 하는 여유를 부릴 수 있었습니다. 이름으로 인해 정체성을 잃지 않았다고 큰소리치면서도 필명을 계속 쓰는 데는 소심하나마 변명이 있습니다. 이름에서 풍기는 뉘앙스만으로 제 연배를 가늠하는 걸 피하고 싶었습니다. 본명 그대로를 필명으로 삼을 경우, 첫 독자라도 제 연식(?)을 금세 눈치챌 것입니다. 그렇게 되면 글의 성격과는 상관없이 늙은 글로 읽힐 수 있습니다. 나이 따라 글이 늙는 건 당연한데 괜한 몽니를 부리는 것이지요. 미완의 글쟁이로서 가야 할 길이 먼 만큼, 세상의 편견으로부터 아직은 스스로를 보호하고픈 마음이 있나 봅니다.

어떤 이름이 스스로를 대변한다고 해서 본질이 달라지지는 않습니다. 실명이냐, 필명이냐가 중요한 게 아니라 두 이름 다 스스로 보듬어야 할 제 이름일 뿐입니다. 이름자에 꽃잎을 달고 열매를 맺는 이는 타인이 아니라 바로 자신이니까요. 새벽 창을 엽니다. 오늘도 스스로를 위한 발자국, 한 발 한 발 내딛어봅니다.

금영이

무슨 꽃을 좋아하세요? 누군가 물어온다면 때에 따라 대답은 다릅니다. 옛날 좋아했던 꽃이 지금은 묻힐 수도 있고, 지금 좋아진 꽃이 예전에도 눈에 띈 것은 아니니까요. 하지만 그 질문이 유년과 관계된 것이라면 제 대답은 언제나 진달래 아니면 복사꽃입니다. 두 꽃 중 그래도 택해야 한다면 대답 대신 금영이를 떠올릴 것이에요.

학교가 있는 읍내까지는 십 리 길이 조금 못 됐습니다. 등하굣길은 축제에 가까웠습니다. 이른 햇살에 겨워 신작로 길을 터주던 아침 안개, 코끝에 스미는 상쾌한 풀냄새, 이따금 자전거를 타고 지나던 중학생 오빠들의 익살. 그 평화로운 축제에 제대로 초대받지 못하는 아이가 있었습니다.

금영이. 외모가 특이한 동창생 친구였습니다. 선천적으로 멜라닌 색소가 부족해 피부색이 부담스러울 정도로 희고 밝았습니다. 나중에 중학교 생물 시간에야 그것이 알비노증이란 걸 알았습니다. 피부색이 다르다는 이유만으로 이웃 동네 아이들은 금영이를 괴롭혔습니다. 곁눈질은 기본이고 욕은 덤이었지요. 심지어 모래를 퍼붓기까지 했습니다. 한마을에 사는 우리는 금영이의 맑고 순한 눈빛을 누구보다 잘 알고 있었습니다. 하지만 금영이 편을 온전히 들어주지는 못했습니다. 잘못 없이 손가락질 받는 친구를 위해 의협심을 발휘하기엔 너무 어린 나이였으니까요. 날마다의 축제에 성가신 금영이가 방해가 되지 않기만을 초조하게 바랐습니다. 마을끼리 텃세가 심했는데, 다른 마을 아이들이 금영이를 상대로 꼬투리를 잡지 않기만을 바랐습니다.

저는 마을 친구들보다 늦게 학교를 파했습니다. 유신정권 시절, 국가 차원에서 고전 읽기 프로젝트를 추진했습니다. 학교마다 '자유교양부'라는 강제된 동아리를 두었는데 정규 수업 뒤에도 남아 책을 읽어야 했습니다. 차출된 아이들은 학교의 명예를 걸고 '삼국유사'나 '삼국사기' '그리스로마신화' 같은 어린이용 고전을 읽어야 했습니다. 제게 할당된 고전은 읽을 만한 호기심이 아니라 해결해야 할 괴로움이었습니다. 어둑해진 귀갓길을 혼자 감행해야 한다는 생각에, 책 내용은 하나도 들어오지 않았습니다. 사흘 굶은 팥죽할미가 산다는 석빙고 지점, 목매 죽은 처녀귀신이 나타난다는 소나무 고개, 갓난쟁이 울음소리가 합창으로 들린다는 애기무덤 언덕을 지나야 집에 도착할 수 있었습니다.

늦게 독서교실을 빠져나온 어느 날, 귀갓길 걱정만으로도 마음은 한 짐인데 새로 산 운동화마저 신발장에 없었습니다. 당시 유행하던 마루치아라치 그림이 새겨진 운동화였습니다. 누군가 신발을 바꿔 신고 갔습니다. 밑창 낡은 검정고무신이 운동화를 대신할 수는 없었습니다. 남은 신발을 신고 가면, 다음날 새 신발을 찾아 주겠다는 선생님의 설득도 소용없었습니다. 눈물을 삼키며 맨발의 귀갓길을 감행했습니다. 몇 발자국 못가 이내 어리석었음을 인정했지만 돌이킬 수는 없었습니다.

설움과 후회와 공포로 뒤섞인 통곡의 귀갓길. 그때 누군가 손짓을 했습니다. 과수원 그늘 아래였습니다. 강을 따라 복사꽃이 흐드러졌고, 과수원 머리 넘어 뒷산에서는 늦은 진달래가 마지막 꽃길을 내고 있었습니다.

"니 울음소리가 들리기에…… 무서울까 봐……."

그때나 지금이나 무서움을 많이 타는 저는 맨발이라는 부끄

러움도 잊고 금영이 품에 와락 달려들었습니다. 혼란한 감정이
봇물처럼 터졌습니다. 만난 사람이 엄마였으면 더 좋았겠지만
금영이라도 너무 다행인 순간이었습니다. 나머지 공부를 하고 -
색소가 부족한 금영이는 시력이 나빠 공부에 매진할 수 없었습
니다. 당시 안경을 쓴다는 건 시골 아이에겐 사치였지요. - 늦게
귀가 중이었는데 제 울음소리를 듣고 기다리고 있었습니다.

봄 강바람이 길 위로 몰아쳤습니다. 아직은 싸늘한 먼지 냄새가 코끝을 쓸고 맨발바닥까지 닿았습니다. 돌멩이와 모래터럭에 시달린 발바닥의 통증이 한꺼번에 몰려왔습니다. 사태를 대충 파악한 금영이 신발을 벗어 제 발쪽으로 내밀었습니다. 금영이 얼굴빛과 너무 대조적인 검은 고무신. 왠지 그 신발을 신을 수가 없었습니다. 금영이가 다른 마을 아이들에게 괴롭힘을 당할 때 달려들어 한 편이 돼주지 못한 미안함 때문이었을까요. 겸연쩍음과 자존심 그 둘 다의 이유로 금영이의 신발을 신지 못했던 것이겠지요. 확실한 건 진분홍 복사꽃보다 금영이 얼굴이 더 환하고 밝았다는 사실이지요.

그 시절로 돌아간다면 금세 눈물을 그치고 털털하게 금영이 신발을 받아 신을 수도 있을 텐데……. 짓궂은 남자아이들의 바람막이라도 해줄 수 있을 텐데. 어느 봄날, 무슨 꽃을 좋아하냐고 묻는 이 있다면, 대답 대신 복사꽃 그늘이 떠오르고, 맨발로 울며 가던 한 아이와 그 아이를 기다리던 또 한 아이를 생각해 내겠지요.

연잎엔 홈

    나른한 오후, 가을 햇살이 순식간에 놀란 토끼처럼 마루턱을 넘어옵니다. 태풍 지난 하늘은 숲인양 푸르디푸른 가슴을 펼쳐놓습니다. 저토록 맑고 투명한 하늘이 왜 온 여름내 그토록 많은 비를 몰고 다녔는지 원망스럽습니다. 그야말로 공활한 가을하늘을 쳐다보노라면 후줄근했던 마음이 말끔히 다려지는 기분입니다.

    신발을 아무렇게나 벗어 던진 아이들이 후다닥 집안으로 들어섭니다. 글짓기 공부를 하러 오는 아이들의 경쾌한 신호음도 오늘만큼은 큰 힘을 발휘하지 못합니다. 다, 저 가을 햇살과 푸른 하늘 때문입니다.

    "얘들아, 우리 바깥으로 나갈까, 지난봄처럼?"

    "뒷산에 올라 찔레순 꺾고, 뱀딸기 새순 관찰하고, 진달래 꽃잎 따먹은 것처럼요?"

"그렇지. 오늘은 가을을 마음껏 느끼는 것이 주제야. 좋지?"

네, 하는 대답과 동시에 아이들은 기다렸다는 듯 현관 밖으로 뛰어나갑니다. 새끼양을 몰 듯 아이들을 데리고 가까운 바깥으로 나갑니다. 목우송 아름드리 가로수길을 지나면 공원이 나옵니다. 제일 가까운 연못 근처로 갑니다. 훅, 풍겨오는 물비린내조차 정겹습니다. 태풍 뒤끝의 자귀나무와 느티나무는 단풍 한 번 들어보지 못하고 앙상한 가지를 드러냅니다. 그나마 연못 바람막이 나무인 백일홍 가지 끝, 붉은 꽃송이가 마지막 꽃대를 피워 올립니다.

질퍽한 진흙길에 옷과 신발을 버려도 아이들은 마냥 신이 났습니다. 잉어떼, 먹이를 찾아 살랑거리며 다가옵니다. 종이컵으로 속이 투명한 물새우를 잡던 아이들은 컵을 내던지고 탄성을 지르며 쫓아갑니다. 아예 잉어를 생포할 요량으로 팔뚝을 걷어붙이고 덤벼들지만 물속에 빠질까 더 용감해지지는 못합니다. 번번이 허탕을 치며 잉어가 일으키는 물살만 가장자리에서 쫓아다닙니다.

"어떻게 가을을 느꼈는지 짓기장에다 적어 볼래?"

뭔가를 적어야만 글짓기 공부를 한 것 같은 강박에 제가 한마디 합니다.

"그런 거 안 적으면 안 돼요? 그냥 새우 잡고 청거북 잡고 놀아요."

아이들의 솔직한 요구에 잠시 갈등을 일으킵니다.

"그럼, 완성된 글을 짓지는 말고, 무엇을 보고 들었는지 생각나는 대로 적어 보자."

마지못한 아이들이 벤치 위에다 공책을 펼칩니다. 머리통만한 잉어, 죽어서 떠다니는 청거북, 먼 곳으로 달려가는 구름, 목우송 위의 까치소리, 한쪽 귀퉁이가 벌어진 둥근 연잎, 잎 떨어진 나뭇가지 위에 앉은 고추잠자리……. 아이들은 자신들이 보고 듣고 느낀 대로 연상 작용을 해나갑니다. 한 편의 완성된 글을 쓰지 않아도 된다는 자유로움이 오히려 자연스런 말놀이에 빠질수 있게 하나 봅니다. 가슴 한쪽이 따뜻해집니다.

그동안 아이들은 글짓기나 독후감을 쓴답시고 갇힌 공간에서 죽은 공부를 한 것은 아닌지 모르겠습니다. 바른 글씨, 반듯한 표현, 실감나게 일기 쓰는 법, 나만의 독후감 정리법 등등 이런 것을 배우고 익히는 것만이 글쓰기 공부의 전부는 아닐 텐데 말입니다. 몇 군데의 학원을 돌아 지친 아이들에게 너무 늦게 바깥

공기를 쐬게 한 건 아닌지 미안하기까지 합니다.

한 아이가 마인드맵을 써나가다 말고 묻습니다.

"선생님, 근데 연잎마다 왜 뾰족한 홈이 파져 있어요?"

그제야 연못에 떠 있는 둥근 연잎에 눈길이 갑니다. 자세히 보니 하나같이 다트 모양의 홈이 파져 있습니다. 저도 처음 발견한 현상이라 대충 얼버무립니다.

"진짜 그렇네. 아마 연잎이 비바람에 찢어질까 봐 하느님께서 숨구멍을 틔워놓은 게 아닐까? 그러니까 이번 태풍에도 연잎이 저렇게 살아남았지. 실은, 선생님도 잘 모르니까 다음 시간까지 알아 오기!"

임기응변으로 대처할 수밖에 없습니다.

"에이, 순 엉터리! 그런 게 어딨어요?"

밑천이 다 드러나 아이들에게 놀림을 받아도 전혀 기분이 나쁘지 않았습니다. 대자연의 풍광 속에서 아이들과 웃고 떠드는 사이 저부터 힐링이 되었나 봅니다. 물어보지 않았지만 아이들도 마찬가지 기분이었을 거라고 확신합니다. 훌륭한 교수법은 교재를 가지고 가르치는 데 있지 않다는 독일 교육자의 말이 생각납니다. 적어도 오늘 하루만은 그 말에 전적으로 공감합니다.

우리 곁에서 호흡하는 대자연이야말로 훌륭한 선생인 것을.

　나들이를 끝낸 아이들의 눈빛이 말합니다. 우리는요, 나무가 뿜어내는 바람 냄새도 맡고 싶구요, 모래흙을 후벼 파며 개미집도 따라가 보고 싶구요, 연못 속을 꼬리치는 잉어 마음도 읽고 싶답니다. 그 눈빛을 충분히 읽었다고, 말 안 해도 그 맘 안다고 저도 흠흠, 콧노래 한소절로 화답하고 아이들을 휘몰아 집으로 돌아옵니다.

3부

짬짬이
서늘하게

사랑의 저울추

왜 이렇게 생겨 먹어서 사람들과 충돌만 일삼는 거지? 왜 선생님과 사이는 좋지 못하지? 왜 급우들 사이에 섞여 있으면 서먹서먹하기만 하지? 왜 선생님들 하는 짓이 다 우스꽝스럽게만 보이지? 왜 얌전한 모범생이 되지 못하고 시 나부랭이나 끼적이다가 놀림감만 되지?

독일 작가 토마스 만의 청소년기는 이런 생각으로 가득 찼습니다. 그의 중편 소설 「토니오 크뢰거」는 자전 소설이라고 봐도 될 정도로 당황스럽고 내밀한 고백으로 가득합니다. 은밀한 고백 밑바탕에는 평범한 시민성과 예술가적 기질 사이의 작가적 고뇌가 숨어 있습니다.

토니오는 기본적으로 아웃사이더인데다 깊이 보고 자세히 봅니다. 토니오는 동급생 한스를 사랑합니다. 안타깝게도 한스는 토니오를 심각하게 생각해본 적이 없습니다. 토니오는 한스 때문에 많은 고통을 겪습니다. '가장 많이 사랑하는 자는 패배자이며 괴로워하지 않으면 안 된다'는 이 소박하고도 가혹한 교훈을 토니오는 열네 살이란 이른 나이에 깨칩니다. 토니오는 그 경험을 실용적으로 활용할 강단조차 없었지요. 다만, 학교에서 주입하는 지식보다 이런 체험적 교훈이 훨씬 더 중요하고 흥미 있는 것으로 생각할 뿐입니다.

토니오는 금발의 잉에를 사랑했지요. 웃고 있는 길쭉한 푸른 두 눈에 빠졌고, 수많은 웃음소리 속에서 그녀의 목소리를 구별하려고 안간힘을 썼지요. 애석하게도 잉에 역시 토니오를 고려해본 적은 없습니다. 악의 없는 무심함의 우정만을 보여줄 뿐이지요. 그녀는 같은 부류인 한스와 사랑에 빠집니다. 잉에와 한스 같은 안정되고, 평화롭고, 정돈된 치들은 애잔한 단편소설 따위는 읽지 않고, 그런 작품을 쓰려는 시도조차 하지 않습니다. 그래서 그토록 아름답고 무심하고 명랑할 수 있는 것이지요. 역시 더 많이 사랑하는 자가 패배자이며 괴로움을 감당해야 한다는 사실을 확인하게 됩니다. 토니오는 평온하고 건전한 시민을 대표하는 한스나 잉에가, 예술가적 기질로 길 잃은 시민이 되어버린 자신과는 다른 세계에 살고 있음을 자각합니다. 너무 어린 나이에

토니오는 자신의 길이 평범한 시민성을 지닌 이와는 다르다는 것을 알게 되는 것이지요. 그것이 토니오의 슬픔입니다.

유행가 가사처럼 누가 사랑을 아름답다 했던가요. 누가 사랑이 충만으로 가득한 공정한 게임이라고 했던가요. 토마스 만의 일관된 방향처럼 사랑엔 공평한 저울추가 없습니다. 더 사랑해서 패배하거나, 덜 사랑해서 상처가 무엇인지조차 모르는 경우만 있을 뿐이지요. 덜 사랑한 자는 무관심해서 상기할 추억조차 남아 있지 않게 되지요. 그래도, 그래도 말이에요. 우리가 사랑에 빠지는 건 그 순간만은 승리자가 되기 때문이지요. 곧장 어리석은 실패자로 돌아오더라도 그렇게 사랑의 감정에 충실하게 되는 것이지요. 그래서 사랑받는 사람보다 사랑하는 사람의 엔돌핀이 백만 배는 솟구친다고 하는지도 모르겠습니다. 신이 마련한 고약한 매뉴얼대로 인간은 백전백패하면서도 사랑이란 문밖을 서성일 수밖에 없습니다. 토마스 만은 사랑의 저울추에 대해 누구보다 독자들을 잘 설득하고 있는 셈이지요.

사랑에도 구별이 있습니다. 덜 사랑하는 자와 더 사랑하는 자. 사랑만큼 저울추가 확실히 기울어지는 것도 없습니다. 사랑의 깊이와 넓이가 당사자들에게 똑같이 할당되는 것이라면 애초

에 사람들은 사랑 때문에 입술이 부풀고, 이별 때문에 치통에 시달릴 이유가 없습니다. 대상을 객관적·보편적으로 바라볼 수 있으면 덜 사랑하는 쪽이고, 대상에 주관적·감정적으로 접근하고 있다면 사랑에 빠진 쪽이지요. 덜 사랑하는 쪽은 그 순도가 탁하기 때문에 덜 다치고 평상심을 유지할 수 있습니다. 하지만 사랑에 빠진 쪽은 순도 백퍼센트이기 때문에 많이 다치고 감정의 파고에 시달립니다.

토마스 만의 이러한 사유에 롤랑 바르트의 전언을 보태봅니다. 『사랑의 단상』에서 그는 이렇게 말합니다. '나는 사랑하고 있는 걸까? 그래, 기다리고 있으니까. 하지만 그 사람, 그 사람은 결코 기다리지 않는다. 때로 나는 기다리지 않는 그 사람의 역할을 해보고 싶다. 다른 일 때문에 바빠 늦게 도착하려고 애써 본다. 그러나 이 내기에서 나는 항상 패배이다. 사랑하는 사람의 숙명적인 정체는 기다리는 사람, 바로 그것이다.'

덜 사랑하는 사람은 철새이고 사라지는 자입니다. 사랑하는 자는 붙박이이자 처분을 기다리는 자입니다. 싱크대 한쪽에 미뤄둔 기름 묻은 프라이팬처럼 주인의 손길을 기다리는 신세이지요. 언제나 부재중이거나 안개처럼 존재하는 그 존재가 사랑인 줄 알고, 창을 연 채 반쯤은 얼빠진 모습으로 기다리는 것이지요. 사랑하는 것만큼 사랑받지 못한다는 사실조차 생각하지 못한 채. 하지만 어쩌겠습니까. 갈망하고 집착하다 체념하는 것, 이것이 사랑의 속성인 것을. 나약했던 그 순간을 통과하기 전까지는 스스로를 찔러대며 환상을 키우는 몹쓸 패배의 사랑!

행복 총량에 기여하기

외적 인격 즉 페르소나의 필요성을 부정하는 이는 없을 거예요. 올곧은 사람들이야 겉과 속이 같으니 가면 쓸 일도 거의 없습니다. 하지만 오감이 살아있는 대부분의 인격체라면 상황에 따라 적절한 가면을 쓰게 되어 있습니다. 내면의 의미나 의지를 고스란히 드러낸다면 그건 잘못 없는 타인에게 무례한 일이 되지요. 사람 모이는 곳에는 향기도 번지지만 독풀도 퍼지기 마련이에요. 명랑의 잎새 나부끼지만 실망의 나무가 자라는 것도 인지상정이구요. 사회적 가면인 페르소나 덕에 인간사 여러 문제를 그럭저럭 헤쳐 나갈 수 있는 것이지요.

어린이 강좌에서 가끔 제 한계를 시험당할 때가 있습니다. 과자 파티하자는 아이들의 요청을 기꺼이 받아들입니다. 한창 자유로울 시기에 저들도 얼마나 힘들까 싶어 잠시나마 해방구를 만들어 줍니다. 신난 아이들은 부산스레 들락거리고 큰소리로 떠듭니다. 여기까지는 괜찮습니다. 뒷정리 장면에서 실망입니다. 책상과 의자를 바로 돌려놓겠다고 나서는 아이가 한 명도 없습니다. 과자부스러기와 음료 빈 통을 휴지통에 넣는 녀석도 없습니다. 교육적 차원(?)에서 같이 치우자고 해보지만 정리정돈 따위는 자신들과 무관하다는 표정입니다. 낙심한 제가 할 수 있는 일은 꾸역꾸역 가면을 쓴 채 괜찮은 척 연기하는 일입니다.

열이 가라앉기도 전에 문자 한 통이 옵니다. '내일 오전 시간 있어요?' 맥락 없이 이런 문자를 받으면 처음엔 당황스럽다가 나중엔 짜증이 돋습니다. 흉허물 없는 사이가 아니라면 대답하기 곤란한 것이니까요. 시간이 있으면 어쩌라는 것일까요? '내일 오전 시간 있으면 같이 산책할래요?' 라거나 '내일 오전 시간 있으면 숙제 좀 도와줄래요?' 정도로 문자 한 목적은 담백하게 밝히는 게 좋지요. 사람 마음을 시험하려 드는 이런 방식은 아무리 좋은 의도라 해도 그리 유쾌하지는 않습니다. 대면 상황이었다면 이때도 어쩔 수 없이 사회적 가면을 쓰겠지요. 속을 곧이곧대로 내비칠 순 없으니까요.

심리분석가들의 고백 중에 '거기 돈 많은 환자, 당신은 그냥 영원히 아프세요.'라는 장면이 있습니다. 분석가가 치료한 여자

환자는 이제 휴양지에서 며칠 쉬어도 좋을 만큼 건강이 회복되었습니다. 그는 휴양지의 아름다운 풍경을 묘사하며 '이제 남은 것은 그녀가 툭툭 털고 일어나지 못하는 것'이라고 실언하고 맙니다. 이것은 심리분석가 스스로도 눈치 채지 못한 무의식적인 소망이었지요. 말하자면 부자인 이 여자를 계속 치료했으면 하는 무의식이 표출된 것이었지요. 이런 생각이 실제 의식으로 떠올랐다면 심리분석가는 그런 자신을 강하게 부정하겠지요. 사회적 페르소나로 그 상황을 적절히 모면하면서 말이지요.

상대가 내 맘을 몰라주거나 상대가 내 맘과 같지 않을 때 심리분석가의 입장이 된 자신을 상상하면 아차, 싶습니다. 무의식 속에 '거기 돈 많은 환자'를 가둬두는 일이야 무죄이지요. 무의식의 그것이 표면으로 떠오르거나 행동화하지나 않을까 하는 맘에 살짝 긴장되고 두려운 것이지요. 하지만 웬만해선 사회적 가면이라는 거름망이 있기 때문에 안심해도 좋습니다. 주어진 상황에 대한 이해와 해석이라는 것도 결국은 자기 안에서만 맴도는 일방의 그 무엇입니다. 몰라줘서 서운하고 내 맘과 같지 않아 당황하는 것도 결국 제 안의 문제로 귀결되는 것이지요.

누구에게나 양면성은 있습니다. 자신을 알아봐 주는 사람에게 끌리는 것도 당연하구요. 나를 인정해주고 존중해주면 나도 더한 깊이로 상대를 공감하고 배려하게 되지요. 그런 의미에서 '사심 없다'는 말이야말로 가장 사심 있는 말인지도 모르겠습니다. 사심 없는 절대적 관계가 있다면 페르소나로 자신을 연출할 필요조차 없겠지요. 온 지구촌에 그런 세계가 있다면 일상의 행복지수는 한결같은 높이를 지향하겠지요. 하지만 삶은 그런 높은 차원으로 구조화되고 승화될 수 있는 성질의 것이 아니에요. 그저 인간적인 정서와 반응들로 가득하지요.

『인간관계론』에서 카네기는 말합니다. 소통하려면 먼저 배려하라고. 대접받고 싶은 만큼 먼저 대접하라는 뜻이겠지요. 서운하고 당황하는 마음은 내 쪽에서 덜 배려하고 덜 열었기 때문에 생기는 감정일 수도 있다는 얘기지요. 친절히 빌딩 안내를 해준 직원에게 카네기는 엘리베이터를 타려다 말고 되돌아와 칭찬합니다. 안내 방식이 훌륭하고 답변이 예술적 수준이라고. 오글거릴 수도 있는 이 작은 행위를 두고 카네기는 '인류의 행복 총량'에 약간이나마 기여한 느낌이라고 표현했습니다. 행복 총량의 길은 거창한 게 아니라 작은 것에서부터 출발하는 게 맞나 봅니다. 내 말과 행동이 상대를 대접할 때 더한 배려로 돌아오게 되어 있습니다. 알면서도 어렵기에 또 이렇게 반성문을 씁니다.

개별자만큼의 진실

모 출판사에서의 전화. 원고청탁이라면 짐짓 거절하는 척 만용이라도 부려보겠지만 그럴 리가요. 블로그에 올린 서평을 인용하고 싶답니다. 재발간하는 책 말미에 몇 문장을 인용해도 되겠느냐고 양해를 구합니다. 처음 있는 일이 아닌 걸 보면 편집자들은 자사의 책과 관계되는 것이라면 구석구석 구글링을 하는 모양입니다. 변방의 글까지 찾아내니 말입니다. 물론 그리해도 좋다고 답했습니다.

따옴표로 묶어 보내온 그 문구들을 들여다봅니다. 소설 『파이 이야기』에 관한 단상입니다. 〈'있는 그대로'라는 말의 의미는 현실에서는 '개별자가 본 대로'가 되기 일쑤이다. 쓸쓸하지만 온당한 이 철학적 사유를 우리는 끝내 확인하고야 만다. 삶의 방식과 종교 문제 그리고 인간 본성, 살면서 느끼는 온갖 것들에 대한 개수만큼의 진실이 소설의 도마 위에 오른다.〉 동어반복이다 싶게 예나 지금이나 저는 이런 문제들에 생각이 많습니다.

인도 한 도시에서 동물원을 운영하던 파이네 가족은 캐나다로 이민을 갑니다. 동물들도 함께 화물선에 오릅니다. 배는 난파되고 파이와 벵골호랑이 리처드는 망망대해에서 표류합니다. 그과정의 여러 에피소드들이 후일담 형식으로 펼쳐집니다. 맹수와의 동거라는 어마어마한 진실은 소년 파이에게는 의심할 여지가 없는 진솔한 경험입니다. 하지만 누가 파이의 말을 믿어 줄까요.

보고도 믿지 않는 게 사람입니다. 아니, 본 뒤에 제 식으로 믿는 게 사람입니다. 그런데 본 적조차 없는데 어찌 '있을 수 없는 일'을 믿을 수 있을까요. 무시무시한 호랑이와 지낸다는 것, 내 문제일 때는 진실이 되지만 상대의 얘기일 때는 달라집니다. 비현실적인 파이의 경험담을 믿어야 하나 말아야 하나 갈등할 수밖에 없습니다.

이런 인간의 심리를 감안해 파이는 등장인물들을 동물에서 인간으로 각색한 버전도 들려줍니다. "어느 쪽이 더 나은가요? 동물이 나오는 이야기인가요, 동물이 안 나오는 이야기인가요?" 밝은 모습으로 말하는 파이의 유머가 슬퍼 보이는 건 왜일까요. 세상엔 너무 많은 진실이 존재한다는 것을 파이는 이미 알고 있었던 건 아닐까요. 저마다의 진실 즉, 개별자 숫자만큼의 진실을 믿어야 하는 삶이 있는 한, 파이의 유머는 단순한 유머로 그치지 않습니다.

있는 그대로만 믿으라고 쉽게들 말합니다. 하지만 그 말조차 믿을 게 못 되지요. 있는 그대로의 기준이란 얼마나 모호한지요. 존재하는 그 무엇은 본성 그대로의 형상과 내용을 지니고 있습니다. 하지만 개별자의 눈을 통과하는 순간, 그 모습은 달라질 수밖에 없습니다. "세상은 있는 모습 그대로가 아니에요. 우리가

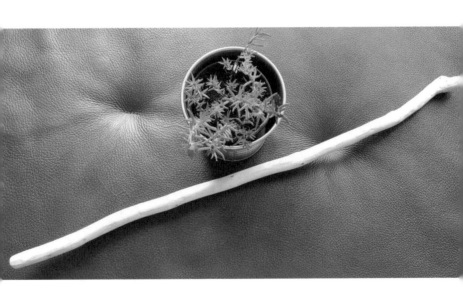

이해하는 대로죠. 안 그래요? 뭔가를 이해한다고 할 때, 우리는 뭔가를 갖다 붙이지요. 아닌가요? 그게 인생을 이야기로 만드는 것 아닌가요?"

무엇에 대해 말한다는 것은, 언어의 종류에 상관없이 창작의 요소가 깃드는 것이라고 작가 얀 마텔은 말합니다. 뜻하든 그렇지 않든 한 사안에, 보는 이의 소설적 장치가 가미된다는 것을 뜻하는 것이겠지요. 그렇게 되면 애초에 존재했던 진실은 별 의미가 없게 됩니다. 저마다의 생각이 새로운 진실이 되어버린 마당에 진실 찾기가 무슨 그리 중요한 문제가 될 수 있을까요.

말장난 같지만 진실은 진실만이 알 뿐입니다. 따라서 파생한 진실이 원래의 것과 멀어지더라도 슬픔 속에 갇힐 이유가 없습니다. 호랑이 리처드도 끝내 숲으로 돌아가고 맙니다. 공포와 공존 속, 최대 생존 파트너로 생각했던 파이를 둔 채. 호랑이 입장에서는 자신이 생각하는 진실의 세계로 떠날 수밖에 없으니까요. 진실의 실체가 아니라 저마다의 진실을 지닐 수밖에 없는 인간의 나약함이나 한계 같은 걸 사유케 하는 순간이지요. 나를 둘러싼 현상이 온당하다는 아집에 빠질수록 상대의 진실에서 멀어질 수 있음을 아찔한 설정과 유머로써 경계하고 있는지도 모르겠습니다. 이런 생각에 이르자 상대에게는 박한 잣대를, 스스로에게는 후한 잣대를 들이민 모든 날들을 소급하고 싶어집니다.

마침 효자손이 보입니다. 껍질을 까고 옹이를 깎아낸 뒤 사포로 문질러 반질반질 윤이 나는 수제 등긁이. 무심한 듯 건네던 친구 왈, 산책길에 버려진 오동나무를 모셔 왔답니다. 받을 이를 생각하며 몇 날 며칠에 걸쳐 손맛을 입혔을 정성을 생각하면 등을 긁는 용도로만 쓰기엔 아깝습니다. 한 가지 진실에만 접근하려한, 용렬한 어깻죽지가 들썩일 때마다 스스로를 내리치는 죽비로도 손색이 없습니다. 극한으로 치닫지 않는 한, 세상사 진실 찾기로 시간 허비하는 것만큼 어리석은 일도 없습니다. 점점 복잡해지는 세상, 멀어진 실체를 찾으려는 게임보다 내 앞에 있는 모든 것에 유연한 시선을 보낼 일입니다. 혹여 진실의 개수를 줄이겠다고 소견을 좁히는 스스로를 발견할 때, 등 긁는 일 못지않은 쓰임새로 이 죽비를 들어야겠습니다. 파이가 그랬듯이 유머와 이해를 싣는 죽비소리, 아니 동비桐篦소리가 저릿한 술맛처럼 어깻죽지를 타고 심장으로 흘러듭니다.

책장 정리 단상

책장 정리를 합니다. 될 수 있으면 많은 책을 지니지 않으려고 합니다. 주어진 책꽂이 안에서만 책이 놀게 하고 덤으로 쌓이지 않게 신경 씁니다. 손쉽게 구할 수 있다는 이유로 그간엔 인터넷 서점을 통해 책을 사서만 읽었습니다. 집안은 온통 책 세상 같았습니다. 덜어내는 연습을 하면서 책 사는 습관도 줄었습니다. 불어난 신간은 중고서점에 팔거나 이웃에 나눔을 합니다. 그래도 책꽂이는 떠나보내기 힘든 책들로 무질서하기만 합니다.

오래된 책 한 권에 눈길이 갑니다. 『도덕교육의 파시즘』. 교육방송에서 그 책에 대해 토론한 걸 시청한 적이 있었지요. 패널이자 저자인 김상봉 교수의 애정 어린 비판. 그는 한국 사회의 일보전진을 방해하는 가장 큰 요소 중의 하나로 도덕교육을 꼽았습니다. 우리의 중고교 도덕 교과서는 낡은 노예적 가치관을 주입하는 선봉장 역할을 한다고 했습니다. 참된 자유인을 양성하는 게 아니라, 위계적 노예를 학습하는 것과 같다고 했습니다. 개인의 자발성을 묶어놓은 채, 획일화된 질서의 옷자락을 부여잡으려 하는 면이 없진 않았지요. 테크놀로지의 첨단을 향유하는 21세기 현대인을 교육하는 방법으론 어울리지 않습니다.

저자에 의하면 우리의 예절교육은 약자가 강자에게 바치는 일방적인 헌사를 의미한답니다. 그리고 보니 예절에 관한한 강자의 그 어떤 역할도 약자만큼 구체성과 강제성을 띠지는 않습니다. 공자가 강조하는 예의 본질이 인간 심성의 참된 교류에 있지 결코 위계의 선후를 따지는 치졸함에 있지는 않을 터인데 말입니다. 국가가 관장하는 이러한 지속적이고도 뭉근한 교육 덕(?)에 약자들은 근거 없는 주눅과 스트레스를 원치 않는 선물로 떠안았습니다. 유교문화와 일제 강점기도 모자라 독재정권을 거치면서 이러한 노예도덕은 더 깊은 뿌리를 내렸지요.

우리 유가 사상의 최대 목표는 체제 유지였습니다. 그 정당성을 부여받기 위해 필수불가결한 덕목이 충효일 수밖에 없었지요. 자연스레 높은 자를 위한 헌사로서 예의와 도덕은 필요했습니다. 충효의 보조 항목으로서 이 두 덕목이 따라붙는 것은 당연한 것이었구요. 원래 예절이란, 마음의 진정성이 형식으로 표현

되는 것을 말하지 않았던가요. 갑의 위치라 해서 진정성과 형식에 예외가 있진 않을 테지요. '인사에 선후 없다'라는 말이 예절의 본류였을 터인데, 실제 상황에서는 그것이 지켜지지 않은 것이지요. 체제 유지 하에서는 낮은 자를 위한 배려로서의 예의와 도덕은 언제나 묻히기 일쑤였지요. 그리하여 예절은 그저 강자 앞에서 표하는 약자의 리액션에 머물고 말았습니다.

예절에서만큼은 지금도 인간 동격 개념을 적용하기엔 무리인 세상을 살고 있습니다. 체제 유지에 원활한 시민을 기르는 게 우리 도덕교육의 가장 큰 목적이 되어버렸다고 김상봉 교수는 우려합니다. 자유와 개인적 가치는 국가와 위계질서 앞에서는 언제나 나쁜 것이 되거나 하위인 개념으로 간주됩니다. 이때 종속의 마땅한 액션으로 예의와 도덕이란 덕목을 활용하는 것이지요. 도덕교육이야말로 권력자와 집단 -그것이 아무리 부당한 존재라 할지라도- 이 약자와 개인 위에 군림할 수 있는 정당성을 부여해 줬지요. 물론 무서운 것은, 약자이고 피해자였던 시민들이 집단이 될 때는 어느새 권력자의 위치로 가 있게 된다는 것이겠지만요.

도덕 교과서의 이러한 파시즘적인 이데올로기는 여성을 보는 시각에서도 왜곡될 수밖에 없습니다. 어쩌면 가혹한 면이 없지 않습니다. 한데도 가부장적인 질서에 익숙해진 우리 여성들 스스로 그 노예교육의 전면에 노출되어 있다는 것을 자각조차 하지 못할 때도 많습니다.

십여 년 전 딸이 중학생이었던 시절, 도덕 교과서 예절 편의 서술 방식이 떠오릅니다. 결혼 제도 하의 여성을 대하는 시각이 너무 전근대적으로 묘사된 것에 충격을 먹은 적이 있습니다. 기혼 여성이 시댁 식구들을 칭하는 모습을 예로 들까요. 아가씨, 도

련님, 서방님 등과 같이 불러야 한다고 교과서에 명시되어 있었습니다. 문득 아직도 그런가 싶어 도덕 선생님인 친구에게 물어봤습니다. 다행히 호칭과 관련된 부분은 2015년 개정교육과정이 시작되면서 없어졌다고 합니다. 요즘은 양성평등 부분을 강조하고, 가족 간의 질서보다는 갈등 해소에 초점을 두는 것으로 바뀌었다네요. 뒷북이지만 반가운 소식이 아닐 수 없습니다.

도덕 교과서가 점점 진화되고 있으니 『도덕교육의 파시즘』도 개정판이 나올 때가 된 건 아닌지 모르겠습니다. 새 책이 나오면 주저 없이 달려가 앞줄 서는 독자가 되겠습니다. 물론 그 책은 중고책으로 팔리기보단 오래오래 책꽂이에 꽂힐 확률도 높겠지요.

불온한 여자

책이 없었다면 여성들의 삶이 어땠을까요? 역사 이래 억눌렸던 여성 삶의 진일보를 그나마 담보할 수 있었던 것은 독서의 힘이 아니었을까요. 이런 가정에 독일 작가 슈테판 볼만이 명쾌한 답을 선사합니다. 작가는 우선, 한때 여성의 독서가 지극히 위태로운 것으로 취급받던 시대가 있었음을 고찰합니다. '책 읽는 여자는 위험하다'고 선언한 시대가 있었음을 책 제목으로 고발하고 있습니다. 더도 말고 덜도 말고 근대 이전의 유럽 여성들이 처한 상황이 그랬습니다. 세상에 대한 대범한 호기심을 갖는 일, 여성들에게 그것은 심히 불온한 것으로 취급되었습니다. '고급한' 사회는 남성만으로도 충분하다는 생각을 가진 이들이 넘쳐나던 시대였지요.

작가는 유럽의 명화 속에서 '위험하기 짝이 없는' 책 읽는 여자들을 불러냅니다. 동시대 밖으로 여성은 하녀이거나 안주인이

거나 후작부인이거나 아주 가끔은 왕비이기도 합니다. 그림 속 여자들의 공통점은 책을 읽고 있다는 것이지요. 신분에 관계없이, 책을 가까이한다는 이유만으로 그녀들은 불온한 여자의 혐의가 짙었습니다. 남성의 거울로 비추어볼 때 그 시대 여성의 독서는 백해무익한 것이었으니까요. 세상을 지배하고 호령하는 것은 남성 고유의 영역인데, 더 많은 유익한 것을 여성과 공유하는 것은 피곤한 일에 속했습니다. 될 수 있으면 책 따위와는 여성이 멀리 있기를 바랐을 테지요.

이것을 눈치챈 여성들은 그들만의 독서 장소를 물색할 수밖에 없었습니다. 집주인이 먼 길을 떠나기를 바라고, 읽을거리만 있다면 전장에 나간 남편이 돌아오지 않아도 좋았습니다. 하녀의 책읽기부터 볼까요. 장소라면 볕 잘 드는 다락방이 제격일 것입니다. 감질나는 중세시대의 로맨스, 그 뒷장을 위해 그녀는 어서 빨리 주인이 집을 비우고 먼 길을 떠나주기를 바랐을지도 모릅니다. 아무렇게나 벗어놓은 주인의 실내화도, 씻어야 할 물주전자도 읽어야 할 책보다 우선일 수는 없습니다. 불온한 독서의 자유야말로 달콤한 휴식의 절정이 아니겠어요. 귀부인은 어땠을까요. 침실이 그녀의 독서실이 되었음은 두말할 필요가 없겠지

요. 높은 신분과 관계없이 여전히 여성에게 세속적이고도 낭만적인 내용의 책 읽기는 허용되지 않았습니다. 방해꾼 없는 자신만의 공간에서 근육을 한껏 이완한 채 그녀들은 독서가 주는 신세계의 광풍 속으로 빨려들 수 있었습니다. 공간적 은밀함이 책 읽기의 나른하고도 무한한 상상에 보탬이 되었겠지요.

역사를 움직이는 것은 언제나 소수 엘리트들이었습니다. 엄격하게 말하면 수천 년 동안 인류는 소수 엘리트 남성들이 지배하는 사회였지요. 먼 이야기가 아닙니다. 불과 백여 년 전까지만 해도 이런 생각은 지구촌에 팽배했습니다. 종교 서적을 제외하고는 여자가 독서를 한다는 것은 '천성'을 거스르는 행위였습니다. 이런 생각들은 동서양을 가리지 않았습니다.

자신만의 규방으로 내몰린 채, 여성들은 책의 향연에 정식으로 초대받은 적이 거의 없습니다. 왜 초대받지 못했는지 알 겨를도 없이 그저 다락으로 침실로 창고로 내몰렸던 것이지요. 그곳에서 세상을 읽고 낭만적 유희를 꿈꿨습니다. 남성들이 볼 때 그것은 불온한 자각이었고, 음탕한 유희였지요. 정보를 여성들과 공유하고 싶어 하지 않았던 그들 눈에는 용서하기 힘든 광경이었지요.

그 시대로 돌아가 책 읽는 여자들 곁에 머물러 봅니다. 저 불온한 자유주의자들, 저마다 가슴 속에 화약고 한 보따리씩을 안고 살았을 것이에요. 여성에게도 새로운 세상에 대한 욕구와 드넓은 우주 질서에 대한 갈증이 있다는 걸 왜 인정하지 못했을까요. 멀리 나갈 것도 없습니다. 책을 읽음으로써 누릴 수 있는 최소한의 인간적 쾌락마저도 공유하지 못한 세상이었다니요.

용감하게도 억누를수록 여성들은 유쾌한 고립행위 속으로 빠져 들어갔지요. 남성이 전하는 말씀에 의존하는 게 아니라, 독서야말로 세상과 소통하는 막힘없는 통풍구라는 것을 안 이상 물러설 수는 없지 않았겠어요. 숨어서 책 읽던 그 여자들이야말로 페미니스트의 원조가 아닐까 생각해봅니다.

당연하게도 이제 여성에게 독서는 더 이상 위험한 것이 아닌 시대가 되었습니다. 오히려 책 권하는 사회가 되었지요. 책 때문에 불온해진 만큼이나 세상을 보는 눈이 커진다면 그보다 나은 독서의 진가가 어디 있을까요. 덜 불온한 여성일수록 더 상처받습니다. 상처 많은 사람들이 한 권의 책에서 힘과 위안을 얻는다면 이 또한 독서의 효용이 아니겠어요. 과감하고 은밀한 독서일수록 그 파장은 큽니다. 이 환한 봄날, 과도한 휴머니즘이나, 뻔한 교훈서, 오그라드는 미담 수준에서 벗어나 불온한 독서광이 되어보는 것도 그리 나쁘지는 않을 것이에요. 상처 입은 영혼들이여, 주저 없이 유쾌한 고립의 여정을 떠납시다. 책 읽는 것이야말로 불온해서 종내는 매혹에 이르는 가장 빠른 길이니까요.

무겁고도 가벼운 삶

『참을 수 없는 존재의 가벼움』은 소설 형식을 빌려왔을 뿐 철학 에세이로 봐도 무방합니다. 쿤데라식 소설 문법에 익숙하지 않는 독자는 한없이 꼬리 무는 철학적 연상에 당황스러울 수도 있습니다. 일반적으로 작가는 스토리텔링에 충실하고, 독자는 그것을 자기식으로 해석할 때 안심하는 경향이 있습니다. 참을 수 없는 존재의 가벼움은 그런 소설에서 몇 걸음 더 나아갔다고 할 수 있습니다. 일반 소설 문법과는 다른 그 방식은 지나치게 독자의 사유를 간섭하는 면도 없지 않습니다. 과도한 풀이와 친절로 작가의 세계관을 드러내는 것이지요. 하지만 그 맛에 매혹을 느껴 확고한 독자들이 모여드는지도 모르겠습니다.

사비나와 프란츠를 얘기하지 않을 수 없습니다. 개인적으로는 주인공인 토마스와 테레사보다 훨씬 공감 가는 캐릭터입니다. 그들 역시 토마스나 테레사 못지않은 각각 가벼움과 무거움의 상징이지요. 제목처럼 이 소설은 존재의 '가벼움'에 대해서만 이야기하는 게 아닙니다. '무거움'도 그만큼 언급됩니다. 삶의 무거움과 가벼움은 옳고 그름의 문제가 아니라, 우연과 운명의 소산물로 기능합니다. 서로 동경하거나 파행하는 상호 관계적 성격을 띱니다.

엄숙주의를 경멸하는 사비나의 삶은 한없이 가볍습니다. 데모대의 행진 대열에 끼는 삶이 그녀의 현실입니다. 그러면서도 공산주의와 민주화 운동 모두에 냉소적입니다. 반면, 유럽표샌님인 프란츠는 서재에서 고뇌할 때 가장 현실적이지요. 책상물림 프란츠 눈에는 운동, 혁명, 행진 등 모두가 순수한 열정으로 비칩니다. 모험과는 거리가 먼 그에게 자유로운 사고를 지닌 사비나야말로 꿈의 세계이지요. 사비나에게 몰입할 수밖에 없습니다. 바로 그때 배반을 택하고 새로운 자유를 찾는 게 사비나식 삶이구요.

사심 없이 가벼운 사비나의 눈에는 삶 이면의 불합리와 부조리가 너무 잘 보입니다. 배반이 어울리는 사비나는 입버릇처럼 '참을 수 없는 존재의 가벼움'에 대해 투덜거립니다. 사비나가 얻은 결론은 부조리한 키치적 삶이야말로 역설적으로 진실하다는 것이지요. 삶의 무거움과 가벼움은 그 자체가 우연이며, 영원회귀로의 그

행진이야말로 인간사의 영원한 숙제라고 보는 것이지요.

키치^{kitsch}는 한마디로 '저속함'을 말합니다. 하지만 밀란 쿤데라 이후 그것은 '삶을 바라보는 가짜의 태도'로까지 영역을 확대합니다. 쿤데라식으로 이해하자면 키치는 싸구려 잣대로 공감대를 유도하는 유치한 놀음이자, 우연하고 당위적인 실체를 위선적인 미적 가치로 환원시키려는 모든 시도라고 할 수 있습니다.

카레닌에 대해서도 말하고 싶습니다. 카레닌은 테레사가 키우는 개입니다. 토마스와 처음 만날 때 들고 있던 책이 안나 카레니나였는데 묘하게 어울리는 이름입니다. 못 가본 길에 대한 아쉬움은 누구나 있습니다. 제 경우 그것은 동물을 키우는 것에 관한 것인데, 반려동물과 함께하는 시간을 상상하면 어깻죽지에 날개가 돋는 듯합니다. 하지만 현실에서는 이루기 힘든 그야말로 상상에 지나지 않습니다. 그들을 돌보기엔 성정이 게으른데다, 비염이니 알레르기 체질이니 하는 핑계마저 마련되어 있으니까요. 평생 함께하지 못할 그들에게 마음만은 함께할 때가 많습니다.

카레닌으로 대표되는 개의 사랑은 이해관계가 없습니다. 아무것도 원하지 않습니다. 사랑이 애초에 뭔지 모르고 사랑을 합니다. 계산 따위나 기브앤테이크가 없는 절대적 그 무엇이지요. 괴롭히지도 않으며, 의심하지도 않습니다. 무엇보다 기대조차 없습니다. 저울질도 탐색도 없으며 파괴와 집착과도 거리가 멉니다. 거기 그대로 변함없이 있을 뿐이지요. 가변하는 인간은 누구보다 그걸 잘 압니다. 그리하여 이 불변하는 개에게 해줄 수 있는 위대한 축복은 안락사라는 결론에 도달할 수 있는 것이지요. 믿음이 보장되지 않는 인간끼리는 할 수 없는 최대의 선물인 카레닌의 안락사. 죽음으로써 시퍼렇게 살아있는 카레닌의 순정을 목도하는 것은 이 소설의 덤이구요.

테레사의 사랑은 의심하는 순정이고, 욕망하는 관계이며, 질척이는 무거움입니다. 이 모든 원인 제공자는 바람둥이 남편 토마스이지요. 하지만 그 누군들 무거움의 껍질을 벗고, 세파에 스스로를 가볍게 내던지는 그를 원망할 수 있을까요. 사랑의 과정에 치졸함과 실패가 따르는 건 인간사 가벼움에 어쩔 수 없는 항목 아니던가요. 이 또한 영원회귀이자 불변진리이지요. 이런 사실을 부각시키기 위해 작가는 상징적 의미로 카레닌을 등장시킨 것 아닐까요. 끝까지 무거움과 가벼움의 숙제로 독자를 고급한 심란 속으로 몰아가지요.

거대한 돛 달린, 무거움과 가벼움이 출렁거리는 삶의 요트에 오르는 일이야말로 인간이 감행해야 할 영원회귀의 목록 중 하나겠지요.

손수건이 있나요?

세상사 뜻대로만 되지 않습니다. 엉뚱한 일에 휘말리기도 하고, 부조리한 상황과 맞닥뜨리기도 합니다. 그 과정에서 크고 작은 생채기를 입지요. 그 누구도 책임지지 못할 상황 앞에서 그래도 잘잘못을 따져야 한다면? 가장 손쉬운 상대인 자기 스스로에게 책임을 물을 수밖에 없습니다. 그래서일까요. '내 탓이요, 내 탓이오, 내 큰 탓이로소이다.'라는 자기 성찰의 말이 가끔은 인간 운명을 자조하는 비탄의 노래로 들리기도 합니다.

자신의 잘못으로 모든 상황을 정리한다고 해도 금세 깔끔해지는 건 아닙니다. 자갈밭 같고 소금밭 같은 마음의 찌꺼기는 한동안 남습니다. 이럴 때 무엇을 할 수 있을까요. 또 무엇이 우리를 위로해 줄까요. 시간보다 나은 친구는 없습니다. 거칠고 짠내 밴 마음을 평상심으로 돌리는 데에 걸리는 최소한의 시간, 흙 묻은 손끝을 닦아주고 쓰라린 명치를 감싸줄 손수건 같은 시간 말입니다. 한 장의 아마포로 만든 손수건이 함께하는 그 시간을 우리는 힐링 또는 위안이라 부르지요. 그것을 좇아 누군가는 여행을 떠나고 또 누군가는 한 권의 책에다 밑줄을 긋습니다.

헤르타 밀러의 소설 『숨그네』에 이런 손수건에 관한 장면이 나옵니다. 루마니아 출신 독일인 레오는 먼 타국인 소련의 수용지에서 생활합니다. 생계형 석탄을 팔러 간 집에서 한 노파를 만납니다. 절박한 눈빛, 땟국에 전 손으로 석탄 보자기를 내미는 레오. 노파는 레오에게서 자신의 아들을 봅니다. 이웃의 밀고로 시베리아로 추방당한 아들이 있었지요.

노파는 말없이 석탄 한 덩이를 사주고 뜨거운 수프까지 내놓습니다. 그것도 모자라 장롱 깊숙이 숨겨둔 아마포로 된 흰 손수건을 꺼내 레오의 손바닥을 감싸주지요. '이 손수건을 가져도 좋아.'라고 직접 말하는 것보다 더한 영혼의 찌름을 레오는 경험합니다. 오 년의 수용소 생활 동안 레오는 노파의 손수건을 한 번도 사용하지 않습니다. 굶주림에 시달려 몇 번이나 먹을 것으로 바꿀 뻔했지만 끝까지 손수건을 지켜내지요. 트렁크에 고이 간직했던 손수건은 귀향길에 오른 레오에게 든든한 친구가 되어 줍니다.

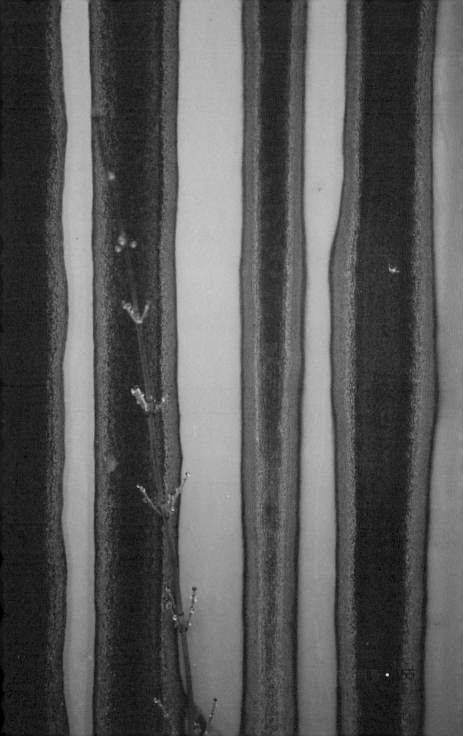

레오에게 손수건은 단순한 천 조각이 아니었습니다. 촛불이자 등대였지요. 극한 상황에 몰린 자가 꿈꿀 수 있는 온갖 것을 상징했지요. 아프리만큼 아름답고 처절하리만큼 희망적인 인간 운명에 대한 환유로 읽힙니다. 자신에게서 아들을 느끼며 양철 그릇 가득 수프를 떠주던 노파에 대한 연민, '너는 돌아올 거야'라고 나무 복도에서 말하던 할머니에 대한 믿음, 굶주림도 추억이었노라고 후일담을 늘어놓고 싶은 엄마에 대한 사랑 등이 레오가 손수건을 포기하지 못했던 이유였겠지요. 손수건을 놓치는 순간 안간힘으로 버티던 촛불이 꺼지고, 저 멀리 한 점으로 반짝이던 등대가 사라지는 것을 의미했으니까요. 인간사 극한 상황에서 끌어안고 토닥이고 기다리는 의미로 헤르타 뮐러는 손수건을 작품 속에 불러 앉힌 것이지요.

사는 게 항상 환희의 꽃밭일 수는 없습니다. 우리의 하루하루는 자갈밭과 꽃밭의 무한한 변증법으로 이루어집니다. 어떤 때는 무심코 불어오는 바람에 상처 입은 꽃잎이 되고, 또 어떤 때는 시린 무릎을 힘겹게 굽혔다 일으켜 세우는 나귀가 되기도 합니다. 하지만 마음 속 손수건 한 장이 있는 한, 수백 번 흔들리고 무너질지언정 곧장 패배로 이어지진 않는다는 사실.

가뭄으로 바닥난 저지대처럼 마음이 갈라지는 날이면 레오의 손수건을 꿈꿉니다. '여러분, 손수건이 있나요?' 헤르타 뮐러가 노벨 문학상 수상 연설에서 한 말입니다. 그녀의 어머니가 집 나서던 그녀에게 한 말이기도 한 '손수건 있니?'라는 아프면서 다정한 말. 그 말은 상처에 바르는 연고이자 밤하늘에 반짝이는 별입니다. 상처가 나도 연고를 바르지 않으면 더디 아물고, 별이 아무리 빛나도 가슴에 들이지 않으면 그 반짝임을 제대로 느끼지 못합니다.

이 밤, 레오의 손수건만큼은 못되더라도 마음의 눈물 콧물부터 닦을 수 있는 손수건 한 장의 안부를 물어봅니다. 기왕이면 헤르타 뮐러식으로, 여러분, 손수건이 있나요?

삼근계

창 너머로 보이는 공원에는 국화가 한창입니다. 노랗거나 붉은 꽃무리가 드넓은 정원을 꽃이불처럼 뒤덮었습니다. 가을꽃 흥에 겨운 사람들의 나들이가 원경으로 펼쳐집니다. 성급한 바람에 일렁이는 나뭇잎처럼 일군의 무리들이 이리저리 휩쓸립니다. 한껏 국화향에 취해도 좋으련만 어쩐지 그 풍경이 느긋함과는 거리가 멀게 보입니다. '꽃보다 인증샷'에 몰두하느라 꽃의 존재를 잊은 듯한 모습입니다.

현대인들은 꽃 앞에서도 느긋할 여유가 없습니다. 먼 길 돌아온 내 누님 같은 꽃을 앞에 두고서도 본래의 흥을 즐기지 못합니다. 꽃을 배경으로 바삐 인증샷이나 찍고 빡빡하고 다급한 현실로 돌아가야 합니다. 느긋한 평화를 누릴 정신적 여유가 없습니다. 보여주기 위한 짬, 힐링이라는 말을 증거하기 위한 시간에 예속되어 있을 뿐입니다.

순수하게 부지런하되 진심으로 느긋하기란 얼마나 어려운 지요. 다산 정약용의 제자 황상을 생각합니다. 그때와 지금은 다른 세상이긴 하지만 목표를 세운 사람의 성공 여부는 부지런함이 바탕인 것은 같을 것이에요. 참으로 고전적인 말이긴 하지만, 크고 작은 소망이 결실을 맺는 데는 근면·성실보다 나은 게 없지요. 부지런한 뒤에 운과 재능을 빌려도 늦지 않습니다. 한데 황상은 부지런함을 세속의 성공에 두지 않고 오로지 학문을 갈고닦는 데 썼습니다. 부지런의 경지가 절정에 달했을 때는 느긋함의 경지로 자신을 이완시켰습니다.

깐깐한 스승 정약용과 우직한 제자 황상은 찰떡궁합이었습니다. 강진 유배 18년 동안 다산을 거쳐 간 수많은 제자 가운데 끝까지 남은 한 사람이 황상이었습니다. 스승은 만난 지 이레째 되는 날, 열다섯 더벅머리 황상을 따로 부릅니다. 싹수를 알아보고 공부에 힘쓰라고 당부합니다. 황상은 얼굴을 붉히며 자신의 세 가지 문제점을 고백합니다. 둔하고, 막혔고, 어근버근한데 그래도 문사를 닦을 수 있겠냐고 스승께 여쭙니다. 스승이 답글을 내립니다. 재빠르고, 날카롭고, 빠른 게 전부가 아니라고. 재바른 천재의 영민함보다 미욱한 둔재의 노력이 훨씬 무섭다는 걸

깨쳐줍니다. 뚫으려면 어째야 합니까? 부지런해야 한다. 틔우려면 어떻게 해야 합니까? 부지런해야 한다. 연마하는 것은 어떻게 해야 합니까? 부지런해야 한다. 황상은 늙어 죽을 때까지 스승의 면학문을 몸과 마음에 새깁니다. 세 번씩이나 부지런하라고 써준 스승의 말씀을 '삼근계'라 부르면서 평생 그 가르침을 실천했지요.

　말년에 황상은 '일속산방'을 마련했습니다. '좁쌀 한 톨 같은 작은 집'이란 뜻의 그곳에서 농사를 지으며 선비의 삶을 꾸렸습니다. 절벽이 기우뚱하고 바위가 몇 점 있는데다, 눈을 환하게 열수 있는 골짜기라면 그에겐 좋은 땅이었습니다. 그곳에 남향집을 지어 책꽂이 두 개에다 족할 만한 책을 꽂는 일, 그것만으로도 살아야 할 충분한 이유가 되었습니다. 스승의 가르침인 삼근계를 잊지 않은 것은 당연했습니다. 욕망을 채우며 살라고 세속이 채근할 때 진정한 선비였던 그는 담백한 유유자적을 실천했습니다. 산수가 아름답다는 그의 기준은 큰 강과 조화로운 산이 아니라, 좁은 시냇물과 자그마한 동산이 어우러진 곳을 말했습니다.

다산이 죽은 뒤 황상은 다산의 아들 학연과 재회할 기회가 있었습니다. 너덜너덜해지도록 간직한 스승의 가르침을 보고 감복한 학연은 아버지를 대신해 글씨를 다시 써주었습니다. 그 글씨는 지금까지 남아 있습니다. 스승, 제자, 스승의 아들로 이어지는 연결고리의 애잔함을 넘어 황상의 삶을 대하는 태도에 주목해봅니다.

급할 것도 아둥바둥할 것도 없는 세상이건만, 현실이 그것을 요구한다는 핑계로 급하게 세파에 휩쓸리며 살아가는 나날입니다. 황상은 그런 현대인에게 이렇게 말하는 것 같습니다. 좁쌀 속에 우주가 있나니, 부지런히 갈고 닦되 작고 소박한 것에서 여유를 찾으라고. 스승의 가르침대로 느리되 부지런하고, 소박하되 부지런하고, 느긋하되 부지런하게 살았던 한 생. 진실로 부지런한 사람은 세상 시간에 떼밀리지 않고 내면의 충만함을 추구하는 게 아닌가 하는 생각이 들었습니다. 부지런했기에 놓을 수 있고 놓아버려서 느긋할 수 있는, 세속의 성공과는 먼 황상이었을지 몰라도 자신 안에서 자유를 얻은 사람이었습니다. 삼근계를 실천한다는 것이 자유를 찾아가는 과정이었을 테니까요. 부지런함의 궁극적 목적은 세상에서 자유로워지고 끝내 스스로를 해방시키는 일일 수도 있지요.

부지런하게 살아라. 그리하여 종국엔 스스로를 자유케 하라. 말이 아니라 행동으로 이런 삶을 가르치는 스승은 도처에 있습니다. 황상 같은 우직한 제자가 되는 것은 언제나 어렵지요. 일속산방의 삶을 지향하기는 더욱 쉽지 않구요. 둔하고, 막히고, 어근버근한 것은 같되, 그것을 무기 삼아 부지런함을 실천할 수 있는 우직함이 없다는 걸 반성하는 하루입니다.

출근 시간

제게도 출근 시간이 있습니다. 월급을 받는 직장이 있는 것도 내세울 만한 직업이 있는 것도 아니지만 스스로가 정한 출근 시간을 지키려고 애씁니다. 남편이 출근한 뒤 집안을 후다닥 정리하면 아홉 시. 보무도 당당히 컴퓨터가 있는 책방으로 발걸음을 옮깁니다. 저만의 유쾌한 출근을 감행하는 것이지요.

근무처(?)에서 해야 할 업무는 당연 글쓰기입니다. 일가를 이룬 대작가들처럼 하루에 원고지 열 장 내지 스무 장씩 정해놓고 써야지, 하고 다짐합니다. 직장인이 사무를 처리하듯 글쓰기도 자연스레 일의 일부가 되기를 기대하는 것이지요. 누가 강요한 게 아니라 스스로 원해서 하는 일이니 의지대로 될 줄 알았습니다. 하지만 모니터 앞에만 앉으면 미숙한 업무처리로 질책을 앞둔 신입사원처럼 안절부절못합니다. 속이 울렁거리고 머리가 지끈거리지요. 대가들을 벤치마킹하겠다던 불타던 의지는 온 데

간 데 없습니다. 스스로 약속한 원고 매수를 지키는 날보다는 그렇지 못하는 날이 더 많습니다.

책상에 앉으면 곧바로 글쓰기 목록파일을 클릭해야 하는 것이 순서이건만 박약한 의지력은 언제나 포털 사이트부터 접속합니다. 세상사 이런저런 간접 경험이라도 해야 쓸거리가 주어진다는 변명을 진작 준비해놓은 것이지요. 움직이는 걸 지독히도 싫어하는 저에게 '간접 경험'이라는 핑계는 그럴듯한 방어벽이 되어 주긴 합니다.

오랜 딴짓 끝에 겨우 목적한 원고를 완성합니다. 모든 초고는 걸레다. 헤밍웨이가 한 말입니다. 초고 완결이라는 잠깐의 자부심도 헤밍웨이의 저 일갈 앞에서는 자유롭지 못합니다. 객관적인 눈썰미를 보탤수록 쓴 글은 허섭스레기로 보일 뿐입니다. 그렇다고 그 '걸레'가 전혀 쓸모 없는 건 아닙니다. 퇴고를 거듭하면 얼추 쓸 만한 면 보자기로 거듭나기도 합니다. 그걸 믿고 그냥 써나가는 것이지요. 문제는 걸레조차 만들지 않거나 만든 걸레를 방치하는 것이겠지요.

해리포터의 작가 조앤 롤링도 초고는 형편없었다지요. 하지만 절박한 궁핍, 절절한 외로움이 그녀의 초고를 천문학적인 재산으로 바꿔놓았겠지요. 이혼과 육아 설상가상으로 실업까지 겹쳐왔지만 끝내 초고의 끈을 버리지 않았기에 성공 신화를 완성할 수 있었습니다. 걸레를 기워 온전한 조각보로 변모시키려는 에너지만 있다면 글쓰기보다 정직한 노동은 없을 거예요.

같이 글쓰기를 시작했어도 오라는 데 많은 재주꾼들은 절실함이 사라져 쓰는 데 전력투구하지 못합니다. 반면, 글재주가 덜한 이들은 불러주는 곳이 많지 않아 쓰는 것 말고는 달리 할 게 없습니다. 절치부심 그저 쓰고 또 쓸 뿐이지요. 그러다 보니 작가가 되어 있더라는 우스갯소리도 있지 않습니까. 우직하게 쓰는 자 앞에 장사 없습니다. 쓰다 보면 빛이 보이겠지요. 제대로 쓴다는 전제가 붙긴 하겠지만.

제대로 쓴다는 건 무엇일까요. 글쓰기에 비결이 있을 리 없습니다. 쓰는 순간이 곧 비법일 뿐입니다. 잘 쓰는 이를 찾아가 조언을 구하는 것도, 옹골찬 자기 확신도 도움이 되겠지요. 하지만 가장 중요한 건 예민한 손끝과 묵직한 엉덩이입니다. 그 두 도구를 활용해 읽고 쓰기만 하면 됩니다.

글쓰기는 다른 예술 분야와는 달리 재능이 덜 필요할 수도 있습니다. 재능보다는 열정이지요. 지속적으로 읽고 쓰다 보면 자연스레 자신만의 문체와 이야기로 연결되겠지요. 이때도 사람들은 착각합니다. 머리와 가슴이 글을 쓰게 하는 줄 압니다. 단언컨대 글을 오래 쓰게 하는 힘은 엉덩이와 손가락이 먼저입니다. 엉덩이를 의자 깊숙이 묻고 더 이상 예민해질 손끝이 없다 할 정도로 온몸으로 쓰면 됩니다. 마음이 아니라 몸으로 쓰는 순간만이 글쓰기의 진정한 과정이자 비결입니다. 자판에 누른 글자가 늘어날수록 쓰는 비법을 터득하는 시간은 짧아집니다.

글 한번 잘 써보기가 저의 평생 숙제입니다. 하지만 욕망한다고 어디 글이란 게 써지더란 말입니까. 답을 알면서도 제대로 쓰지 못하니 안타깝기만 합니다. 쉽게 써지지 않는 글 앞에서 하루에도 몇 번씩 좌절합니다. 그렇다고 이 일을 쉬 내려놓지도 못할 것 같습니다. 숱하게 넘어지고 한없이 작아져도 결국 쓰는 자리에 있을 때만 살아있음을 느낄 것이기에. 돈도 많으면 좋겠고, 좋은 친구도 얻으면 더할 나위 없겠지만 이 모든 걸 유예하고서라도 제대로 쓸 수만 있다면 바랄 게 없습니다.

끈질기게 쓰는 자는 끝내 이기고, 어영부영 자기검열에 빠진 자는 출근한 일터에서 이런 반성문이나 쓰게 됩니다. 자기 긍정과 자기 확신으로 무장된 스스로를 기대해 봅니다. 어느 작가가 말하는 걸 똑똑히 지켜봤습니다. "잘 쓰는 자가 아니라, 오래 쓰는 자가 이긴다."

4부

어쩐지
눈물겹게

슈가 하이

병원 가는 날입니다. 한 달에 한 번, 흡입기와 천식 비염약 등을 처방받습니다. 시국이 시국인지라 호흡기내과를 찾는 게 그렇게 달갑지만은 않습니다. 비대면 진료를 받을 수 있으면 좋겠는데, 그렇게 간단한 문제만은 아닌 모양입니다. 가는 날이 장날이라고 올 들어 가장 무더운 날씨랍니다. 여름이 채 오지도 않았는데 36도가 넘는데다 습도마저 높습니다. 차문을 열자마자 숨이 막히고 기침이 납니다. 비상용 인삼 캔디 한 알을 머금습니다. 사실 출발할 땐 더운 건 안중에도 없었습니다. 후식으로 달달한 케이크까지 먹은 터라 도리어 상기된 기분이었습니다.

병원 마당 천막, 1차로 체온을 잽니다. 무사통과입니다. 호흡기내과가 목적지라고 했더니, 안내하는 분이 병원 모퉁이를 가리킵니다. 그 새 출입구가 바뀌었습니다. 공용 출입구에 호흡기 환자 전용 출입구가 마련되어 있습니다. 코로나가 한창일 때, 2

층에 있던 호흡기내과는 입구와 가까운 1층 구석자리로 옮겨졌습니다. 모두를 위한 세심한 배려이자 온당한 조치입니다. 호흡기 질환이야말로 코로나 앞에서 주의가 필요한 기저질환이니까요. 취약한 면역력으로 바이러스에 노출되면 건장한 이들에 비해 몇 배나 위험할 것입니다. 그것을 알면서도 묘한 긴박감과 미세한 파장이 일어납니다.

진료실 입구, 2차로 체온을 잽니다. 미열이 있나 봅니다. 오늘 같은 날씨엔 다들 체온이 조금 높으니 괜찮다며 간호사는 진료 대기실을 안내합니다. 대기실 앞 접수대, 3차로 귀의 체온을 잽니다. 미심쩍은지 왼쪽 귀로 바꿔 잽니다. 37. 7도. 양쪽 귀 체온이 다르다는 것을 처음 알았습니다. 규정 체온보다 높아 진료가 불가하답니다. 비대면으로 처방전은 받을 수 있답니다. 그토록 원했던 비대면 진료가 아이러니한 상황에서 성사 되게 생겼습니다.

다시 진료실 입구, 밀려나 처방전을 기다리는 동안 4차로 체온을 잽니다. 여전히 열은 떨어지지 않습니다. 담당 간호사가 의자를 권합니다. 상냥함과 친절함을 장착했지만 그 맘이 편할 것 같지는 않습니다. 하루에도 몇 번씩 열감 있는 환자를 대면할 텐

데 그 스트레스가 미루어 짐작이 됩니다. 앉는 시늉만 하다가 밖으로 나왔습니다. 그러지 않아도 된다고 말하는 마음 씀이 진심으로 느껴져 더 미안해집니다. 친절 카드 작성으로 화답이라도 하고 싶습니다. 하지만 이름을 기억하지 못한 걸로 보아 저 스스로 당황한 게 분명합니다. 멀쩡한데 체온이 높다니 어인 일일까, 그 생각에만 갇혀 있습니다.

처방전이 나오려면 시간이 걸릴 것 같습니다. 자주 들어도 금세 까먹는 각종 꽃들이 병원 뜰을 장식합니다. 꽃들도 더위에 지쳤는지 대궁을 꼿꼿이 말아 올리지는 못합니다. 등나무 벤치에 맞춤한 그늘이 집니다. 가서 앉습니다. 왜 열이 나지? 하기야 밖의 열기가 몸 안으로 파고들 지경의 날씨이니 열이 오르지 않는 게 이상할지도 모릅니다. 높은 온도와 습도, 에어컨을 켠 차 안과 바깥의 온도 차, 달라진 병원 환경, 숨 돌릴 틈도 없이 재고 또 잰 체온, 가장 높은 체온의 시간은 늦은 오후라는 점 등이 갑작스레 열이 돋은 원인으로 들 수 있겠습니다. 이 모든 것에 부대껴 열을 방출하지 못한 제 몸이 일시적으로 과부하를 일으킨 건 아닐까 짐작해 봅니다.

그 와중에 강력하게 덧붙이고 싶은 요인이 있으니, 단맛 중독이 그것입니다. 후식으로 먹은 케이크와 차에서 내릴 때 긴급으로 입가심한 인삼 캔디 말입니다. 저는 단 것을 유달리 좋아합니다. '달콤함'을 먹으면 가라앉았던 기분이 한결 나아집니다. 슈가 하이sugar high라는 말이 제게는 통하는 것 같습니다. 설탕을 먹으면 일시적으로 피로가 풀리고 흥분감 같은 걸 느끼는 현상 말입니다. 그 효과가 소멸되면 안 먹은 만 못하는데도 자꾸 찾게 됩니다. 완전한 공복에는 그런 욕구가 덜한데, 식후엔 뭔가 허전함이 밀려오면서 단 것이 뇌리에 맴돕니다. 욕구가 채워지면 금세 기분이 좋아지면서 활기가 돕니다. 높아진 오늘의 열은 여러 요인 못지않게 슈가 하이 현상도 한몫했다는 생각이 듭니다.

단맛은 생래적입니다. 기억의 원형처럼 자리 잡은 태곳적 달콤함이 중독의 출발점인지도 모르겠습니다. 설탕맛에 홀릭 된 제 흥분지수가 열감에 기름 역할을 한 건 아닐까요. 몸은 마음의 영향을 받습니다. 설탕에 기댄 제 심리 상태가 피톨도 달뜨게 했나 봅니다. 여러 약점이 드러남에도 쉽사리 단맛의 쾌감에서 벗어나지는 못할 것 같습니다. 커피 없이는 못 사는 '커피 칸타타'의 여주인공처럼 노래해 봅니다. 다 없어도 괜찮아. 하지만 설탕만은 못 끊어. 열이 돋는대도 순간의 기쁨이 보장되는 설탕만은 못 끊어.

사랑에 빠지는 게 죄가 아니듯, 적당한(!) 달콤함에 빠지는 게 죄는 아니잖아요. 각설하고 처방약을 받아들고 귀가한 뒤 체온부터 쟀습니다. 정상입니다. 멀쩡하게 돌아온 몸의 온도, 혹시라도 당 떨어져 그런가 싶어 제 눈은 벌써 남은 케이크가 든 냉장고를 더듬습니다.

깔끔하게, 담백하게

수목원 나들이를 갔습니다. 변덕 앓는 제 맘과 달리 꽃 피고 지는 일은 어쩜 저리 한결같은지요. 숲 천지 꽃 잔치, 신록이 한창입니다. 오월 동산에 취한 것도 그만인데, 운 좋게 샤스타데이지까지 만났습니다. 전망 좋은 언덕, 한울타리 가득 흰 꽃을 피워 올립니다.

데이지 종류는 제가 좋아하는 꽃입니다. 경계가 분명한 꽃이지요. 뒤집어 보지 않는 한 드러나지 않는 꽃받침이며, 꽃 필 자리보다 한참 밑에 자리 잡은 이파리, 가시 없는 줄기마저 곧게 뻗어 꽃송이와 부수적인 것들이 뒤섞이지 않습니다. 심지 곧고 깔끔하며 소박한 꽃이지요.

데이지와 달리, 꽃송이와 잎사귀가 뒤섞여 피는 꽃들이 화려하게 보일 수는 있으나 너저분한 인상을 주는 면이 있어요. 하지만 데이지는 꽃송이는 송이요, 줄기는 줄기요, 이파리는 이파

리대로 각각 제 자리를 지켜 핍니다. 튤립이 그러하고 양귀비꽃도 비슷하긴 해요. 깔끔하기로만 따진다면 그 둘이 나을지도 모르겠어요. 하지만 두 꽃은 어쩐지 고고한 느낌이 있어 부담스러운 면도 없지 않아요. 그에 비해 데이지꽃은 적당히 소박하고 알맞게 단정한 모습이지요. 산뜻하지만 가볍지 않고 소담스럽지만 격조를 잃지 않는 꽃입니다.

환대의 시늉도 없고 포장의 허례도 없는 꽃. 향기 아래 가시를 박지도 않고, 미소 뒤로 우울을 숨기지도 않습니다. 꽃송이보다 큰 꽃받침으로 꽃 본연을 갉아먹지도 않고, 넘치는 향기로 꽃잎을 미혹에 빠뜨리지도 않습니다. 다만 담박하게 피어 있을 뿐입니다. '나 이런 꽃이니 알아주시오.' 하지도 않습니다. '나 그냥 이렇게 피었소.' 하고 그대로 있을 뿐입니다. 그럼에도 어딘지 모르게 진중한 위엄이나 날렵한 멋을 품고 있다고나 할까요.

사람도 마찬가지예요. 데이지꽃만 보면 떠오르는 친구가 있어요. 학창 시절, 의기소침하면서도 질척댔던 저에 비해 담백한 데다 넘치지 않았던 그 친구를 참 좋아했었지요. 심지가 곧으니 포장할 필요가 없고, 사심이 없으니 과장할 이유도 없는 그런 성정의 친구였어요. 얼핏 보면 그녀는 평범하다 못해 존재감이 없는 것처럼 보였어요.

단체 미팅을 했을 때였지요. 누가 봐도 괜찮은 남학생이 있었어요. 대부분의 친구들이 그 남학생에게 관심을 보였을 때 친구는 그저 덤덤하기만 했어요. 성격상 호들갑을 떨거나 적극성을 비칠 친구가 아니었어요. 그런 면이 도리어 그 남자를 도발했나봐요. 친구에게 꽂힌 남학생은 사흘이 멀다 하고 친구를 찾아 왔어요. 물론 친구는 꿈쩍도 하지 않았지요. 지나치다 싶을 만큼의 무덤덤함이 오히려 남학생을 울릴 만큼의 매혹이 되었다는 것을 그 친구는 알지 못했어요. 소식조차 모르는 그 친구를 지금 만난다 해도 그 점은 변하지 않았을 거예요. 천진스럽지만 직접적이고, 단순하지만 단호했던 그 면을 제가 좋아했던 거지요. 아마 남학생도 저와 같은 마음이었지 않나 싶어요. 복잡할수록 핵심에서 멀어지잖아요. 단순함과 깔끔함은 같은 집안 아니겠어요.

글도 마찬가지라고 생각합니다. 데이지꽃 같은 이미지의 글을 선호합니다. 그러려면 덜어냄의 미학이 우선 되어야 해요. 그런 의미에서 이 칼럼도 너무 기네요. 글의 본질은 주제에 있어요. 전하고 싶은 게 선명하면 말에 꼬임이 없습니다. 알면서도 글이 잘 풀리지 않을 때가 있습니다. 제 맘이 허욕으로 들떠 있을 때입

니다. 쓰레기로 가득 찬 손끝에 힘이 들어차니 글이 무거워집니다. 덕지덕지 붙이고 켜켜이 쌓는 순간 형체는 모호해지고 끝내 글의 경계가 무너집니다. 마감에 내몰릴 때면 정도는 더 심합니다. 며칠 지난 뒤 보면 버릴 것투성이입니다. 퇴고의 명약은 시간이라는 걸 느끼는 부끄러운 순간이지요.

써지지 않는 글 때문에 머리가 아프고 심장이 무거운 날이면 데이지꽃을 떠올립니다. 에너지를 소진하는 잡념부터 없앱니다.

쓰잘머리 없는 곁가지 치기에 집중합니다. 더하기는 쉬워도 빼기는 왜 이리 어려운지요. 그럴수록 한 줌 덜고 두 말씀 닫는 연습을 하는 거지요.

오후로 가는 수목원, 한밭으로 깔린 데이지 언덕에 오월 바람이 나부낍니다. 여백 깃든 저 꽃처럼 소담스레 피어날 글꽃들을 그려봅니다. 꽃송이와 주변부의 조화를 생각하며, 줄기는 곧게 이파리는 조금 멀리 플롯을 짜봅니다. 꽃잎 아래, 보일락 말락 배경으로 들일 꽃받침도 잊지 않지요. 덤덤한 듯 정갈한 글 꽃 한 송이, 꽃대를 올리는 상상만으로도 미소 짓는 아침입니다.

사랑은 순간

맘대로 되지 않는 감정 중 으뜸은, 사랑입니다. 사랑은 어리석음이요, 유치함이요, 수치요, 절망이요, 나락입니다. 사랑을 일컬어 현명함이요, 세련됨이요, 자긍이요, 희망이요, 천국이라고 말하는 이가 있다면, 사랑이란 감정을 초월했거나 겉보기 사랑을 하거나 그도 아니면 사랑이란 말 자체를 사랑하는 사람일지도 모르겠습니다.

사랑은 어떻게 올까요. 대개 그것은 찰나의 순간과 맞닥뜨립니다. 심리학자들에 의하면 사람이 사람을 판단하는 데는 첫 3초면 충분하답니다. 3초의 판단이 언제나 옳은 것은 아니지만, 그 판단의 중심 감정 중 하나가 사랑입니다. 감성이 풍부할수록 첫 3초의 편견인 사랑의 마법에서 자유롭지 못합니다. 그 짧은 시간에 상대의 마음을 사버린 것을 일컬어 우리는 사랑에 빠졌다고 말합니다. 계산이 들어찰 여유가 없고, 판단을 유보할 사유가 없는 시간이지요. 사랑을 하려고 작정한 게 아니라, 순식간에 사랑의 조명탄을 맞아버리는 일이니까요.

봄물 오르는 캠퍼스 느티나무 그늘을 지나던 남학생. 잔디밭에 앉아 여흥을 즐기는 일군의 무리를 발견합니다. 같은 과 친구들인 그들은 한낮의 고스톱을 즐기는 중입니다. 그중 고스톱 패를 돌리던 한 여학생에게 시쳇말로 필이 꽂힙니다. 모든 빛이 여자 주변만 비추는 듯합니다. 햇빛 받아 반짝이는 머릿결, 화투장을 내리찍는 여자의 긴 손가락 끝에도 햇살이 머뭅니다. 심장이 멎는 듯하고 구름 속을 헤매는 심정입니다. 붕 뜬 허공에서 지상에 발 디디게 해 줄 이는 저 여학생밖에 없을 것 같습니다. 이 모든 게 순식간에 일어난 내적 반응이지요.

집에 돌아와도 알 수 없는 감정은 지속됩니다. 수줍은 듯 짓궂은 여학생의 표정, 화투장을 돌리던 희고 긴 손가락이 미끼처럼 눈앞에 어른거립니다. 덥석 물고 싶을 만큼 강렬한 감정의 소용돌이 속으로 빠집니다. 봄풀처럼 해사한 얼굴도 아니고, 날렵한 몸매로 캠퍼스 이곳저곳을 누비던 여학생도 아닙니다. 어떤 이유도 조건도 없습니다. 그냥 설명할 수 없는 순간의 상황 앞에 마음의 파고가 일렁인 것이라니까요. 굳이 말하자면 3초의 편견

이 사랑의 마법이 되는 순간이랄까요. 스스로도 납득하지 못하는 그 찰나를 흔히 운명이라고 부르기도 하지요.

불교 용어 중에 돈오頓悟와 점오漸悟라는 말이 있습니다. 수행의 단계를 거치지 않고 단박에 깨치는 것이 돈오이고, 수행의 공을 쌓아 서서히 깨닫는 게 점오입니다. 딱 들어맞진 않지만 사랑에 그 말을 적용해 봅니다. 돈오의 사랑이야말로 순정한 사랑이라 할 만합니다. 점오의 그것은 타협과 조정의 의미가 깃들어 있기 때문에 그 시작이 돈오의 사랑만큼 순수하지는 않습니다. 흔히 나이 들도록 사랑 한 번 못해 봤다고 말했을 때, 이는 돈오의 사랑을 못해 봤다는 의미에 더 가깝습니다. 타협이나 필요에 의한 사랑도 사랑이 아닌 것은 아니지만, 찰나적 사랑만큼 강렬하지는 않습니다.

서서히 물드는 쪽이 아니라 찰나적 사랑이 그 염결성에 더 가깝습니다. 흐린 눈이나 달뜬 가슴으로 봐야 첫 3초의 마법에 걸릴 수 있습니다. 정돈된 상태의 이성적 머리가 세팅되는 순간 즉흥적인 순정이 들어찰 자리는 없는 거지요. 고요한 찻잔 속의 물이거나 흔들리지 않는 나무의 잎새라면 그건 사랑일 리 없습니다. 감출 수 없는 어리석은 낯빛과 가라앉힐 수 없는 활화산 같은 심박수 그것이 사랑이지요. 첫눈에 반했다는 말은 거짓일 수가 없지요.

사랑은 무모함입니다. 베이는 줄도 모르고 맨몸으로 칼끝을 향해 돌진하는 무지입니다. 그것이 얼마나 터무니없는 실체였는지를 알 때까지 그 사랑은 지속됩니다. 하지만 사랑의 실체를, 그 속성을 자각하는 순간은 기어이 찾아오고 말테지요. 애석하게도 사랑의 환상이 부서지는 그 필패의 시간은 사랑의 덫에 걸린 속도에 반비례해 질척거립니다. 그래도 머잖아 마법은 풀리기 마련이고 칼날 스친 자리엔 아련한 상흔만이 남습니다. 회한조차 희미해질 때쯤이면 그 상처 몽돌이 되어 심지心志 하나 키웁니다. 무뎌진 그것은 칼날을 벼리지도 제 심장을 겨누지도 않습니다. 유유자적 세파에 씻기는 평온의 둥근 돌이 되어 가는 것이지요. 사랑에 빠질 리 없는, 지속될 이 평화를 우리는 또 사랑이라 부른 다지요.

환희의 꽃밭인 줄 알았지만 소금밭을 헤매는 바람. 키질에 남는 열매보다 풍구에 날아가는 쭉정이라야 '찐'인 사랑. 오늘도 사랑 때문에 누군가는 핸드폰 문자를 수십 번 확인하고, 울리지 않는 현관 벨 소리에 귀를 당겨 세웁니다. 그래도 괜찮습니다. 속수무책이 아니면 사랑이 아니고 무너질 3초가 아니면 사랑이 아니니까요. 수천 번의 참사를 예감한대도 모순의 통점인 사랑은 '하는 것'이 아니라 '빠지는 것'이니까요.

타자기를 추억함

노트북 키보드가 흠집투성이입니다. 자주 누른 글쇠는 보호막 비닐이 너덜거리는데다 글자 표식마저 벗겨져 잘 보이지 않습니다. 닳은 정도에 따라 어떤 글쇠가 혹사를 당했는지 금세 알 수 있습니다. 각각 왼손 검지와 중지가 맞닿은 'ㄹ'과 'ㅇ'의 윗면은 허옇게 까졌고, 오른손 중지가 관장하는 'ㅏ' 글쇠자리는 영어 자판 'K' 안내 글자가 사라지고 없을 지경입니다.

오래된 노트북도 아닌데 키보드가 이렇게 너저분하게 된 것은 오래된 습관 때문입니다. 저는 손바닥을 키 판에 대지 않고 허공에 띄운 채, 손가락을 세워 자판을 내리찍는 편입니다. 자연스럽지 못한 이런 타격법은 손목에 힘이 들어가 타이핑 소리도 시끄럽습니다. 손톱에도 힘이 실려 글쇠판이 쉽게 긁힙니다. 이런 방식은 수동식 두벌 타자기를 칠 때 유용합니다.

제 이십 대의 글자 생활은 두벌 타자기의 나날이었습니다. 대학시절 한때 한글 운동 동아리 활동을 했습니다. 모임의 취지는 순우리말을 아끼고 퍼뜨리는 데에 있었습니다. 한자어가 칠십 퍼센트 이상인 게 우리 모국어의 현실인데, 순우리말을 고집한다는 것은 코미디에 가까웠습니다. 하지만 청춘의 열정과 우정으로 그 활동을 즐겼습니다. 지금은 생각조차 나지 않는, 한글 운동의 여러 행동강령이 있었는데 그중 하나가 '글자 생활을 기계화하자'라는 것이었습니다. 한글이 얼마나 과학적이고 합리적이며 또한 미적 감각을 지닌 문자인가를 기계화를 통해 널리 알리자는 취지였지요.

개인용 컴퓨터가 일반화되기 전인 그때 글자 생활의 기계화란, 타자기를 활용하는 것을 의미했습니다. 당시로서는 파격적이고도 거창한 슬로건이었지요. 하지만 실제 글자 생활을 기계화하는 회원은 흔치 않았습니다. 절실하게 와 닿지 않은 면도 있었고, 무엇보다 주머니 사정이 타자기를 구할 만큼 넉넉지 않았지요. 그럴수록 그 모토가 제겐 큰 울림으로 다가왔습니다. 행동강령을 실천하는 차원이라기보다 타자기로 글을 쓰고 싶다는 욕망이 꿈틀댔던 것 같습니다. 이미 서구 작가들이 그러했던 것처럼 타자기가 선사하는 경쾌한 터치감의 글 너울을 맘껏 타보고 싶었습니다. 자판 위에 손끝을 올리는 상상만으로도 얽힌 상념들이 흰 종이 위에서 사유의 길을 내는 것만 같았습니다.

학교 정보센터 타자 교실에 등록을 했습니다. 수업이 없는 시간마다 들러 자판을 익혔습니다. 낱개였던 자모음이 유의미한 문장이 되어 꼬리를 잇는 게 신기하고 뿌듯했습니다. 창가 자리에 앉아 더듬더듬 자판을 익히는 그 짬 속으로 희망이라는 빛이 스며드는 것만 같았습니다. 그럴수록 타자기를 갖고 싶다는 열망은 더했습니다. 지금처럼 아르바이트 거리가 쉽게 나던 시절이 아니었으므로 주머니 사정은 늘 빈궁했습니다. 타자기를 산다는 건 제 깜냥으론 어림없는 일이었습니다. 마음을 읽은 큰오빠가 크로바 두벌식 중고 타자기를 사들고 왔습니다. '열심히 써봐라.' 타자기 케이스를 열어 주던 큰오빠의 무심한 듯 따스한 눈길. 결코 잊을 수 없는 날이었지요. 그렇게 타자기는 제 보물 1호가 됐습니다.

종이를 롤러에 끼우고 원하는 자판을 두드립니다. 글자쇠막대가 잉크 묻은 리본 위를 건반처럼 때립니다. 촬촬촬, 왼쪽에서 오른쪽으로 글자를 만들어내는 해머의 타격감은 지금 생각해도 무척 낭만적입니다. 종성용 자음을 칠 때는 왼쪽 아래에 있는 '받

침'이란 누름쇠를 누른 뒤 해당 자판을 눌러야 합니다. 초성에 쓰였던 글자가 받침자리로 옮겨져 타이핑 되는 것이지요. 그렇게 하면 받침 글자가 중앙으로 쏠려 묘한 듯 매력적인 두벌식 타자 특유의 서체가 나옵니다. 한 줄 글이 다 써지면 왼쪽에 달린 레버를 밀어 종이 위치를 중앙으로 옮겨 주면 됩니다. 오타가 나면 타자용 흰 물감지우개를 글자 위에다 덧씌우고 다시 타건하곤 했지요. 청아한 쾌감을 지나 숙연한 의지 속으로 빠져들게 하는 그 정신적 사치를 꽤 즐겼습니다. 저만의 보물인 크로바 타자기로 우리말을 갈고닦거나(?) 리포트를 작성했으며 단상도 끼적였습니다.

　타자기의 자판을 두드리려면 손가락 각도를 가파르게 한 채 손끝에다 힘을 실어야 했습니다. 지금의 키보드처럼 평면이 아니라 계단식 글쇠판이라 글자를 누르는 동안 손바닥은 항시 허공에 떠있어야 했지요. 오래된 이 습관이 타자기 시대를 접은 지금까지 이어져 키보드에다 생채기를 내는 것이지요.

　버리기 좋아하는 저는 이사를 핑계로 많은 물건을 버렸습니다. 크로바 타자기도 예외가 되지는 못했습니다. 버린 것에 대해 좀처럼 후회하지 않는 편이지만 가끔은 그것이 그리울 때도 있습니다. 타자기의 나날과 함께했던 소박한 열정이라는 연결고리가 쉽게 버려질 수 있는 건 아니겠지요. 버리려 해도 버려지지 않는 그때를 떠올리며 뒤늦은 마음의 자판을 눌러 봅니다. '추억추억'하며 글자가 종이에 박히는 동안, 공중에 뜬 두 손바닥 사이로 파노라마처럼 한 시절이 지나가고 있습니다.

함께 가는 발

무좀이 도졌습니다. 엄지와 검지발가락 사이가 찢어져 따끔 거립니다. 오래전부터 발바닥 각질이 벗겨지는 무좀증세가 있긴 했지만 온 여름내 멀쩡하던 발이었습니다. 맨발에다 샌들을 신 던 여름에는 통풍이 잘 되어 무좀균이 숨어 있었는데, 간절기를 맞아 양말을 신는 데다 신발마저 부츠로 바뀌니 그렇게 된 모양 입니다. 역할을 잊고 있던 무좀균이 환경이 조성되자 저 좋다고 활개를 친 것이지요.

무좀만이 발에 성가신 건 아닙니다. 날씨가 서늘해지니 뒤꿈 치까지 말썽입니다. 여름이 지나면서 서서히 갈라지다 골이 점 점 깊어집니다. 물기 부족한 뒤꿈치는 잎맥처럼 잔금이 서리고 부스스한 가루마저 날립니다. 심한 곳은 골이 푹 파이기도 합니 다. 뒤꿈치가 허벅지에 스치기라도 하면 날카로운 송곳이 지나 간 듯 긁힌 자국에다 각질까지 묻어납니다. 쌀쌀해지기 시작하

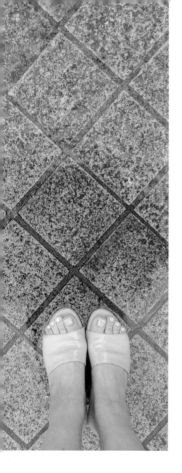

면 나타나는 불청 현상이지요. 제때 각질을 밀어주고 연화용 화장품만 발라주면 되는데 귀찮다고 방치하면 금세 그렇게 됩니다.

젊은 날 겨울 대중탕에 가면 둥근 돌이 비치되어 있었습니다. (원래 있었는지 개인이 준비했는지는 확실치 않습니다.) 중년의 엄마들은 물에 불린 뒤꿈치의 각질을 면도칼로 도려낸 뒤 그 돌에다 대고 문질렀습니다. 그라인더 역할을 하는 돌 위에서 뒤꿈치를 갈고 나면 일주일은 개운할 것이겠지요. 그렇다고 각질이 완전히 없어지는 것은 아닙니다. 다음번 목욕탕에 갔을 때는 전보다 더한 강도로 뒤꿈치를 도려내고 문질러대는 엄마들을 만나곤 했으니까요. 온 겨우내 그런 풍경을 목도했습니다.

젊었을 때는 그런 풍경이 이해가 되지 않았습니다. 건강한 청춘의 뒤꿈치에는 각질이 생기지도, 골이 패지도 않았으니까요.

해서 생업에 전력투구하는 엄마들의 고단한 땀이 모여 당신들 발을 거칠게 하는 줄로만 알았습니다. 하지만 거친 노동에 시달리지 않고 빈둥댔는데도 뒤꿈치가 망가지는 나이가 되고 보니, 그건 열심히 산 흔적이 아니라 단순한 노화 현상 중의 하나라는 걸 알겠습니다.

며칠 발가락 새 무좀약을 바릅니다. 뒤꿈치에다 연화제를 문지르는 것도 잊지 않습니다. 연고를 쓰면서 생각합니다. 무좀균이나 각질은 박멸해야 할 대상이 아니라 친구 삼아도 좋을 위안이 아닐까 하는. 우리네 소소한 일상 자체가 무좀 앓는 발이요, 각질 쌓이는 뒤꿈치 아니던가요. 감당할 수 없을 만큼의 큰 시련은 무좀 앓는 발에 비유할 수 없겠지만 웃고, 울고, 떠들고, 마시는 가운데 생겨난 감당할 만한 모든 고충을 그것들에 비유하고 싶습니다.

통풍에 문제가 없을 땐 잠잠하던 무좀균도 바람 쐬어 주지 않고 꼭꼭 싸맬 때 스멀스멀 피어나 발가락 사이를 갉습니다. 누구나 한 가지 이상의 비의는 가지고 삽니다. 아픔이나 상처의 옷을 입은 그것은 평소에는 비활성화되어 있다가 어떤 계기가 있으면 표면으로 드러나지요. 삶이 그런 거지요. 뭔가 소통이 제대로 되지 않으면 마음에 무좀균이 생깁니다. 그때 위로라는 약을 발라 상처를 달래는데, 금세 낫긴 합니다. 그렇다고 상처가 완전히 없어지는 것은 아닙니다. 어딘가에 숨어들었을 뿐인 무좀균처럼 때가 되면 마음의 균도 재발합니다.

무좀균은 발이 발로 단련될 수 있게 하는 최소한의 경고 장치 같습니다. 박멸하지 못할 바에는 그대로 두는 것도 괜찮은 방법입니다. 그 어떤 약점에도 노출되지 않는 삶이란 없습니다. 산다는 건 환희라는 날개옷을 걸칠 때보다 고통이라는 갑옷을 두를 때가 더 많습니다. 수고로운 갑옷의 시간을 무좀 앓는 발이라 쳐둡시다. 망설이고 두려워하는 날들을 각질 쌓이고 골이 패는 뒤꿈치라 여겨봅니다. 성가신 쓰라림이 가슴 한쪽을 지나겠지만 그건 모두 견뎌낼 만한 고민이자, 건널 만한 고충이지요. 따라서 그것들을 야멸차게 박멸할 필요까진 없을 것 같습니다. 혹시라도 완전히 없애버린 평범한 상처 그 자리에, 감당하지 못할 고통이나 번민이 들어찬다면 그보다 낭패스런 일도 없을 테니까요. 함께 가는 무좀과, 더불어 사는 각질이 있기에 더한 고통이 들어찰 기회가 없다고 위안해 봅니다.

모든 살아있는 것은 점점 생기를 잃기 마련입니다. 짓무르고 거칠어진 흔적이 내 것이 아닌 건 아닙니다. 그러니 그것들을 애써 없애려 하는 것보다 달래서 함께 가는 게 더 합리적일지도 모르겠습니다. 도려내고 문지르고 바르고 말린다고 근본적으로 내 삶의 군것들이 사라지는 것은 아니니까요. 가렵거나 따끔거리거나 까칠하지 않는 삶이 어디 있을까요. 찾아오는 그것들을 지우려 할수록 더 두꺼운 이물감이 내 안에 자리 잡을 수도 있습니다.

발가락 사이마다 무좀약을 바르고, 양 뒤꿈치에는 보습제를 문지릅니다. 발가락이 시원해지고 뒤꿈치는 한결 부들부들해집니다. 삶의 자잘한 균과 각질은 없애고 살라내야 할 쓰레기가 아니라 부드럽게 달래, 함께 가야 할 동반자라는 것을 두 발이 말해 줍니다.

허방에 빠진 뒤에야

착각과 오해. 그 늪에 빠져듭니다. 주체할 수 없는 상념들로 머릿속이 복잡해집니다. 생각을 정리할 겸 어스름 산책길을 나섰다가 보란 듯 왼발을 삐끗했습니다. 움푹 팬 아스팔트 웅덩이를 미처 발견하지 못했습니다. 허방에 제대로 빠진 것이지요. 집으로 돌아와 발목이 부어오르고 냉찜질을 하고 잠자리에 들어서까지도 쉽게 정리되지 않는 찜찜함으로 남습니다.

밝을 때 길을 걷는 건 큰 문제가 되지 않습니다. 웅덩이나 돌부리가 눈에 띄더라도 잘 보이기 때문에 건너뛰고 돌아가면 그만입니다. 하지만 어둠 속에서는 다른 얘기겠지요. 잘 보이지 않기 때문에 낮에 비해 허방에 빠지거나 돌부리에 걸려 넘어질 확률이 높습니다. 어둠 속 발을 헛디디지 않기 위해서는 눈조리개를 더 크게 열고 무릎이나 발목 관절도 평소보다 더 부드럽게 굽혀야 합니다. 초점을 딴 데 둔 채, 관절이 뻣뻣한 채로 걷다가는 허방 앞에서 제대로 고꾸라지고 말지요. 허방 자체는 밝든 어둡든 그 자리 그대로 있습니다. 하지만 누군가 디뎌보지 않는 허방, 어쩌다 빠져보지 않는 구렁텅이란 얼마나 싱거운 존재이유일까요. 허방이나 구렁텅이 같은 단어는 빠지다, 디디다, 헤어나다 등의 뜻과 조화를 이루는 것들이니까요.

착각과 오해를 허방과 연결 지어 봅니다. 작은 것이 큰 것이 됩니다. 유리창 이론을 들먹이지 않더라도 모든 문제는 하찮은 것에서 시작되지요. 사소한 눈빛 하나, 떨리는 손끝 하나에도 마음이 들어 있습니다. 상대의 감정선이나 마음결을 읽는다는 게 결코 쉬운 건 아니에요. 내가 읽어내는 상대의 마음이 상대의 실존적 그 마음과 같을 수는 없습니다. 이 두 마음의 간극 사이에 착각 또는 오해라는 상황이 들어차는 것이지요.

우선, 착각이란 말은 어지간히 생동감 있고 귀여운 데가 있는 말이 아니에요. 이 말이 그리 거슬리지 않는 건 주체의 감정에 보다 충실하기 때문입니다. 그 감정은 타자와는 무관하게 얼마든지 긍정적 의미로 활용될 수 있습니다. '그 여자는 자신이 예쁘다는 착각 속에 산다.' 라거나 '그는 대단한 사람이라도 되는 줄 착각한다.'라는 등의 예에서 보듯이 유쾌하게 봐줄 만한 선언이에요. '자뻑'하는 친구들에게 우리는 얼마든지 여유 띤 웃음으로 응원할 수 있습니다. 자유로운 영역인 착각은 건강한 해프닝이자 유머가 될 수 있는 것이지요.

오해는 좀 다릅니다. 뭔가를 잘못 알고 있을 때 쓰이는 말에서는 같지만, 그 뜻과 뉘앙스는 착각일 때와는 판이하게 다릅니다. 오해는 주체자의 감정뿐만 아니라 상대의 감정이 고려되는 것이지요. '내가 오해했다면 바로 잡을 게.' 또는 '우리는 서로의 오해 때문에 곤욕을 치렀다.' 등의 예문이 말해주듯 오해에는 반드시 주체와 대상 두 당사자가 존재하지요. 혼자만이 아닌 '너와 나'의 문제가 되는 것이지요. 버젓이 대상이 있기 때문에 마냥 자유로울 수만은 없습니다. 새벽이 오도록 발목을 주무릅니다. 허방이란 과정을 겪어서일까요. 착각이나 오해에 대해서도 정리가 되는 느낌입니다. 낮에 허방에 빠지는 일은 착각에 해당됩니다. 밝은 면이 펼쳐질 때는 앞도 잘 보여 뻣뻣한 발걸음이라도 허방을 쉽게 피할 수 있습니다. 넘어져도 툴툴 털고 일어나면 그만입니다. 혹여 허방에 빠지더라도 쉽게 털어내고 웃을 수 있습니다.

반대로 밤에 허방에 빠지는 일은 오해에 가깝습니다. 어두운 장막이 눈앞을 가리고 무릎 관절마저 굽힐 타이밍을 놓치면 피

할 길이 없습니다. 관절을 완전히 꺾어 부드럽고도 조심스런 행보를 해야만 허방을 피할 수 있습니다. 착각에 빠지면 무릎 정도나 까이겠지만, 오해의 구렁텅이에 빠지면 온몸이 상처투성이가 될 수도 있으니까요.

　잠시 눈이 흐려지는 건 즐거운 착각입니다. 하나 앞이 깜깜해지고 관절마저 뻣뻣해지는 일로 나아가면 그것은 오해의 영역입니다. 그 구렁텅이에 빠지는 순간 곧 마음의 감옥이 되는 것이지요. 착각이냐 오해냐도 결국은 마음의 영역입니다. 미숙한 관용으로 잠시나마 마음 감옥에 허덕인 스스로를 돌아봅니다. 허방 앞에서 고꾸라지는 것은 똑바로 보지 못한 데다 무릎을 덜 굽혔기 때문입니다.

원칙보다 나은 건 상식이고, 상식보다 나은 건 이해입니다. 원칙을 들먹이며 얼굴을 붉히는 일이나 상식에 맞지 않는다고 원망하기보다, 이해할 수 있겠다며 손 맞잡는 것이 훨씬 마음이 가볍습니다. 지혜로운 사람일수록 가볍게 산다고 했습니다. 허방에 빠져 본 뒤에야 가벼워지는 법을 배웁니다.

집안의 보통 사람

아침부터 노트북 자판이 말썽입니다. 자료 준비 막바지, 불필요한 문장 지우기를 해야 하는데, 선택 버튼이 잘 먹히지 않습니다. 몇 번 시도 끝에 겨우 한 번 성공할 정도입니다. 저장하기 위해 파일 버튼을 눌러도 하위 목록이 뜨질 않습니다. 어쩌란 말인지. 시간은 없고 마음만 급합니다. 언젠가부터 인터넷도 느린 데다 키보드도 변덕이 심해졌습니다. 노트북을 바꿀 때가 되었을까요. 컴퓨터 기기는 사는 순간이 곧 저렴한 중고가 된다고 할 만큼 생명 주기가 짧다는데, 삼 년 이상 썼으니 오래 버티기는 한 것 같습니다.

출근 준비에 바쁜 남편 손목을 끌고 컴퓨터 앞에 앉힙니다. 이리저리 살피더니 말없이 마우스 패드를 새것으로 바꿉니다. 어라, 마법에 걸린 공주가 깨어나듯 글자가 살아나고, 원하는 문구 위에 척척 검은 장막도 드리울 수 있습니다. 그토록 애먹이던

파일 목록도 잘만 뜹니다. 정말이지 어처구니없습니다! 저로선 노트북 자체가 이상하다고만 생각했지, 단 한 순간도 낡은 마우스패드 때문에 접촉 불량이 생겼다고는 생각지 못했습니다. 한 발 앞도 못 내다보는 숙맥입니다.

먹다 남은 죽을 데우기 위해 주방으로 갑니다. 죽이 담긴 게르마늄 찜기를 아무 생각 없이 가스렌지 위에 올립니다. 채 삼 분도 지나지 않아 용기는 퍽, 하고 파열음을 냅니다. 도자기 파편과 내용물로 싱크대 주변은 범벅이 되었습니다. 간접으로 열을 가해야 하는데 직화로 찜기를 불 위에 올려놓고도 터질 때까지 알아차리지를 못합니다. 스스로에게 화를 낼 힘마저 없습니다.

오늘 하루 예에 그치지 않고 제게 이런 일은 잦은 현상입니다. '정신머리 없다'라는 말을 실감하는 나날입니다. 평소 야무지지 못하고 덤벙대고 일을 잘 벌입니다. 집안에만 들어오면 허탕도 잘 치고 허튼짓도 많이 합니다. 주책 부리고 실수하는 것은 제 담당이요, 주워 담고 뒤처리하는 것은 언제나 가족의 일입니다. 한 번도 야무지고 완벽해본 적이 없습니다.

머릿속이 실타래처럼 엉켜있는 게 분명합니다. 뭔가 해결되지 않은, 생산적이지 못한 여러 생각들이 뭉쳐 있습니다. 거창한 것들이라면 동정이라도 구할 수 있지요. 그때그때 처리해나가면 되는 담백한 것들인데도 헤매거나 잊어버립니다. 단순하게 해결해야 할 그것들이 실은 가장 중요한 것임에도 머릿속은 잡동사니로 분심만 가득합니다.

언젠가 독서 메모장에 써놓은 글이 생각납니다. '어떤 사람도 자신의 하인에게는 보통사람이다.' 서양 속담인데 몽테뉴의 수상록이 원 출전입니다. 이 말의 본디 뜻은 '가족에게 존경받는 사람은 거의 없다'라는 의미입니다. 프랑스어로 말한 몽테뉴의 그 말이 영어식으로 바뀌어 위의 속담으로 정착한 것 같습니다. 옛날 신분제 사회에서 어떤 사람에 대해 잘 알아야 할 필요가 있었다면 그 집 하인에게 물어보면 틀림없었겠습니다. 요즘 같으면 식구들에게 물어보면 가장 정확히 알 수 있겠지요. 서늘하게 손뼉 칠 만한 통찰입니다. 조금 위안이 됩니다.

저 아니라도 보통 사람이라면 몽테뉴가 말한 저 패턴을 따를 것 같습니다. 대개 큰 실수가 있어서는 안 되는 바깥일에서는 제 주어진 역할을 무리 없이 감당합니다. 수행하려는 의지와 노력이 뒷받침되기 때문에 사회적 역할이 주어진 일에서는 실행 능력을 발휘합니다. 평판이 두려워, 체면이 깎일까 봐, 좋은 인상을 얻기 위해 등등, 사회적 인간으로서 주어진 역할을 위해 최대한 자신이 할 수 있는 역량을 발휘하려 노력합니다. 그래야만 사회가 돌아가니 어쩌면 너무나 당연한 모습입니다.

하지만 집안에 들어서면 조금 달라집니다. 우선 긴장감부터 풀어지겠지요. 집안에 들어와서까지 바깥에서처럼 행동하고 사고한다면 어디 인간미가 느껴지겠습니까. 이럴 때 눈썰미 강한 몽테뉴의 사색을 다시 빌리면 됩니다. '아내와 하인이 보기에도 눈에 띄는 허점 없이 사는 자는 놀라운 인물이다. 집안사람들에게 추앙받는 인물은 거의 없다.' 한 마디로 인격의 가면을 집안까지 끌어들여 실천하는 사람은 드물다는 뜻이겠지요. 일 잘 벌이는 저 같은 사람에게는 얼마나 위안이 되는 경구인지 모르겠습니다. 이 통찰을 모르는 이들은 집안에서조차 완벽한 자신을 꾸리기 위해 힘들어하겠지요. 질질 흘리고 슬슬 놓치더라도 너무 자책하지는 않겠습니다. 놀라운 인물이 될 이유도, 추앙 받을 필요도 없으니 평소 하는 대로 실수도 다정이려니 하겠습니다. 진실로 완벽한 사람은 없다고 선인들이 통찰로써 이렇게 증명해주고 있으니까요.

불안할 권리

MRI 촬영을 해야 할 일이 생겼습니다. 사십여 분 정도 통 안에 누워 있으면 된다고 했습니다. 그러려니 했는데, 좁은 원통 안에 몸을 뉘고 문이 닫히는 순간 말로 표현할 수 없는 불안과 공포가 밀려왔습니다. 가슴이 답답해지고 심장이 벌렁거리며 공포가 몰려왔습니다. 갇힌 저를 두고 촬영 기사가 그대로 밖으로 나가 버리면 어쩌나 하는 생각에 이르자 저항감에 온몸이 달달 떨렸습니다. 순식간의 일이었지요. 미친 듯이 벽을 두드려 위급함을 알렸습니다.

탈출을 하자마자 언제 그랬냐는 듯 평온해졌습니다. 이런 사람 제법 있다며 담당자가 위로를 해줬습니다. 항불안제를 맞고 재촬영을 하겠느냐고 했지만 자신이 없었습니다. 좀 진정되자 창피함에 도망치듯 병원을 빠져나왔습니다. 아파 죽는 게 낫지 좁고 밀폐된 그 공간엔 다시 못 들어갈 것 같았습니다. 경미한 고

소공포증이 제게 있다는 건 알고 있었지만 폐소공포증에 비할 바가 아니었습니다. 영화관이나 공연장에서도 이런 현상을 느낍니다. 앞뒤 좌우 사람들에게 갇혀 있다고 생각하면 견디기 힘듭니다. 남들은 무대가 잘 보여서 중앙 자리를 선호한다지만 이런 이유 때문에 저는 통로 자리를 선호합니다.

어릴 적 낮잠을 자다가 앉은뱅이책상 밑으로 빨려 들어간 적이 있습니다. 잠결에 누군가 목을 조이는 것 같아 옴짝달싹도 할 수 없었습니다. 놀라 눈을 뜨니 책상 밑에 머리와 상체가 끼어 있었습니다. 온 방안을 헤엄치던 험한 잠버릇의 결과였지요. 제가 기억하는 '억눌림'이나 '닫힘'에 대한 최초의 경험담입니다. 별것 없어 뵈는 그것이 공포와 두려움의 작은 씨라도 된 것일까요. 불편한 기억 모두가 상처가 되고 불안의 요소로 자라는 것은 아닐 텐데 왜 이런 상황에 제 영혼이 갇히는지 모르겠습니다. 불안과 공포가 인간에게 주어지는 지극히 정상적인 반응이겠지만 스스로를 이해시키지 못할 정도로 과하다 싶으니 당황스럽긴 합니다. 이토록 세상에 대해 불신이 깊었나, 별일 아닌 것에 왜 몸과 마음이 그토록 빠르게 반응하지, 하며 자책하게 됩니다. 경험은 물론이고 심리적·유전적 요인, 현재의 정보 등이 복합적으로 맞

물려 그렇겠거니 하고 위안할 뿐입니다.

'불안'은 현대인의 흔한 화두 중 하나입니다. 대개의 우리는 불안합니다. 희망의 미소를 지을수록 맘 깊은 곳에서는 불안의 사상누각을 짓습니다. 불안하지 않는 것이 오히려 불편할 정도로 이해할 수 없는 일들이 도처에서 일어납니다. 정치는 지리멸렬하고, 경제는 불투명하며, 사회는 부조리의 경연장 같습니다. 이런 분위기는 개별자에게도 영향을 미칩니다. 지나간 회한을 떠올려도 불안하고 별반 기대할 것 없는 오늘 역시 불안하며 겁먹지 않아도 될 미래 또한 불안하기 그지없습니다.

달마대사와 신광 스님의 일화가 떠오릅니다. 신광 스님이 보기에 옛사람들은 도를 구할 때 뼈를 깨뜨려 골수를 빼고, 주린 이를 위해 피를 뽑고, 벼랑에서 떨어져 굶주린 호랑이의 먹이가 되는 것을 두려워하지 않았습니다. 그런 경지에 도달하지 못한 스스로를 책망하며 신광이 달마대사에게 청합니다. 마음이 초조하고 불안해서 어찌할 바를 모르겠다고. 그런 신광에게 달마는 그 '마음'을 가져오면 고민을 해결해주겠다고 말합니다. 하지만 마음이란 건 찾을 수도 보여줄 수도 없는 것. 한갓 실체 없는 마음 때문에 초조하고 불안해하느냐고 달마는 일갈합니다. 크게 깨친

신광은 달마가 보는 앞에서 왼쪽 팔을 칼로 잘라 도를 깨친 징표로 삼았습니다.

　도를 구하던 신광 스님의 불안 심리와는 성격이 다르겠지만 현대인 역시 저마다의 이유로 불안의 집을 짓습니다. 볼 수도 만질 수도 없는 '마음집'에 지나지 않는 불안의 실체. 불안은 살아가는 한 실체 없는 트라우마로 인간 영역에 영원히 머물지도 모르겠습니다. 완벽한 자유를 획득할 수도, 누릴 수도 없는 영혼들이 지니는 고유한 심리기제가 불안과 공포입니다. 바람처럼 물상에서 떨어져 떠돌 수 있을 것, 물처럼 강바닥을 버리고 흐를 수 있을 것, 구름처럼 지상에서 멀어져 피어날 것, 이런 능동적 자유와 고립을 즐길 수만 있다면 불안해할 필요가 없겠지요. 그런 연습이 덜 된 사람이 불안을 느끼는 것은 어쩌면 당연한 일이겠지요. 신광 스님처럼 도를 구하는 자는 극한의 산정에서 홀로 고고하고, 제 안위를 구하는 보통 사람은 평지에 몰려 아우성으로 난장을 이룹니다. 그러니 평범한 저 같은 사람은 불안할 권리라도 누릴 수밖에.

신발을 돌려놓으며

    몸살이 났습니다. 팔다리가 쑤시고 기침도 납니다. 금세 나을 거라며 지인이 한의원을 소개해줍니다. 사흘 치의 약만 쓰면 된다는 선생님의 호언과는 달리 기침이 수그러들지 않습니다. 치료제를 쓰는 건 더 이상 의미 없으니 보약으로 바꿔 보잡니다. 다 낫지도 않았는데 원기 회복제로 몸을 다스린다는 게 이해되지 않아 조심스레 여쭙니다. 염증을 가라앉힌 후에 약재를 쓰면 좋지 않겠느냐고. 순간, 의자에 앉은 선생님 엉덩이가 들썩입니다. 말이 통하지 않으니 여기서 진료를 끝내겠다는 신호입니다. 떼밀리듯 집을 향하는데 뭔가 서럽습니다.

    여기까진 제 입장이고 의사선생님에게 감정이입해 봅니다. 남들 다 쉬는 토요일 오후, 피로감을 몰아내며 진료실을 지킵니다. 마지막 환자까지 나름 최선을 다해 상담하고 처방해줬건만 당사자가 그것을 쉬이 받아들이지 않습니다. 살짝 심기가 불편해지며 휴식이 그립습니다. 자제심을 놓치고 환자에게 속내를 비치고 맙니다. 뒤섞인 신발을 돌려놓듯 이렇게 바꿔 생각하니 별일도 아닙니다.

현관문을 들어섭니다. 정말이지 신발들 아무렇게나 흩어져 있습니다. 앞코 까진 에나멜 단화에서 끈 풀린 운동화를 지나 철 지난 부츠까지 식구들 개성을 말해주는 신발들이 뒤엉켜 있습니다. 구차한 추억과 막연한 희망이 교차로처럼 포개져 있습니다. 하루를 저벅댄 고단함이 서린 저 신발들. 아픈 것 잠시 내려놓고 한 켤레씩 간수합니다. 신발코를 현관문 쪽으로 돌려놓으면 신발정리는 끝이 나겠지요. 한 호흡의 짧은 시간이지만 역지사지하는 순간입니다.

신발을 돌려놓는 마음은 한 청년에게서 배웠습니다. 잠시 잠깐 아들의 과외 선생님이었던, 갓 스물을 넘긴 풋풋하고 선한 대학생 말입니다. 방문 첫날, 집안으로 들어서면서 선생님은 자신의 벗은 신발을 현관문 쪽으로 가지런히 돌려놓는 거예요. 손님을 배려해 집주인이 신발코를 돌려놓는 일은 봤어도 방문객이 그렇게 하는 것은 그때가 처음이었어요. 그냥 들어오시라고 해도 싱긋 웃기만 할 뿐 매번 그렇게 하더라고요. 제 상상력이 미치

지 못했던, 젊디젊은 청년의 역지사지 매무새가 그렇게 신선할
수가 없더군요.

하나를 보면 열을 안다고 아이 선생님으로서도 최고였음은
첨언할 필요조차 없지요. 자기관리를 하는 동시에 타인을 배려
하는 마음이 습관화된 청년 같았습니다. 신발을 단정히 돌려놓
던 첫 모습에서 그런 모습이 이미 예견된 것이었지요. 자신을 갈
고닦아 예의와 염치를 실행하는 마음. 섬세한 결을 지닌 청년의
역지사지를 보면서 한동안 자기반성 모드가 되곤 했지요.

역지사지가 덜 된 제 실수담이 떠오릅니다. 역시 신발에 관한

것이군요. 시각장애인 봉사 모임에 동참한 적이 있었어요. 장애인과 비장애인이 짝을 이뤄 야외 나들이를 갔지요. 제 짝지는 초로의 신사분이셨어요. 점심 식사를 마치고 나올 때였지요. 초보 봉사자인데다 덜렁이인 저는 짝지의 신발이 어떤 것인지 도무지 기억나지 않는 거예요. 짝꿍의 신발 정도는 가뿐히 챙기는 다른 봉사자들에 비해 저는 우왕좌왕 헤맸지요. 난감해하는 저를 보고 베테랑 봉사자가 도와줘 신발을 찾긴 했어요.

하지만 부끄러움은 온전히 제 몫이었습니다. 짝지가 신발을 벗을 때 도와드리긴 했지만, 그 분의 신발을 기억하고 있어야 한다는 사실까지는 미처 깨치지 못했지요. 상대의 입장이 아니라 봉사하는 행위에만 제 마음의 방점을 찍었던 거예요. 행위만 앞섰지 그들 입장에 대해 숙지하는 노력이 부족했던 것이지요. 신발을 돌려놓는 마음의 수련이 있었더라면 짝지의 신발을 기억하는 것쯤이야 유쾌한 과제가 되었을 텐데 말예요.

일본 영화 '남쪽으로 튀어'에도 구두를 돌려놓는 장면이 두어 번 등장합니다. 현관을 들어설 때면 맏딸 요코는 벗은 자신의 구두를 바깥 방향으로 가지런히 되돌려 놓습니다. 신발을 돌려놓는 작은 일이야말로 세상사 소중한 그 무엇이라도 되는 것처럼 습관적으로 그렇게 합니다. 사소한 것에서부터 자기 훈련이 필요하고, 잘 다져진 그것은 역지사지로 연결되어 좋은 기를 발산한다고 의미 부여하곤 했지요.

덧놓이고 흐트러진 신발들을 다시 갈무리합니다. 피로처럼 달라붙은 뒤축의 흙을 털어내고, 통증처럼 내려앉은 신발 속 먼지도 닦아냅니다. 신발코가 현관 쪽으로 향하도록 한 켤레씩 돌려놓습니다. 신발들 금세 새초롬하니 단정해집니다. 신발을 돌려놓는 작은 행위는 자기수양을 구하는 안으로의 수렴이자 타자 이해를 실천하는 외적 발산입니다.

분별하려는 마음이 돋을 때마다 신발 돌려놓기를 생각합니다. 포개지고 헝클어진 마음의 코가 반듯해집니다. 한결 가벼워진 덕분일까요. 약으로도 낫지 않던 통증이 점점 잦아드는 기분입니다.

5부

이따금
삐딱하게

마음의 풍경

심상치 않은 나날입니다. 전 지구촌을 장악한 바이러스 무리에 당황스러움과 두려움이 동시에 몰려옵니다. 폭풍처럼 진군하는 저 기세 앞에서 평범한 일상이 꺾인 지 오래입니다. 안타깝게도 사회적 유폐의 시간이 친구처럼 따라붙는 날들입니다.

갇힌 세상, 여유가 넘쳐납니다. 책을 읽거나 글을 써보려 하지만 쉽게 손에 잡히지 않습니다. 행간을 살피는 망울은 금세 흐릿해지고, 자판을 두드리는 손길은 기다렸다는 듯 민첩함을 잃어갑니다. 위급은 불안을 낳나 봅니다. 제아무리 시간이 남아돈다 해도 불안한 마음이라면 집중도가 발휘될 리 없습니다. 엉킨 실타래처럼 온통 혼란스럽기만 합니다.

오후 봄 햇살이 부엌 구석진 곳까지 길게 와 닿습니다. 햇살에 겨워 블라인드를 내리려다 만 것이 여간 다행스럽지 않습니다. 한껏 다사로워진 빛살을 흐트러진 마음 깊숙이 끌어당깁니다. 금세 가슴 한쪽이 따스해집니다. 느꺼웠든 부끄러웠든 우리 삶은 스스로의 도움만으로는 어림없었음을 자각합니다. 수고하고 짐 진 것들이 베푼 선의로 온 하루는 살쪄왔습니다. 소박하게는 저 깊게 퍼지는 봄 햇살 같은 것들에게 하루를 빚지고 있는 것이지요. 사물일 수도, 생각일 수도, 더러는 사람일 수도 있는 그 모든 것들을 풍경이라 명명하고 싶습니다. 별 것 아닌 그 풍경들을 불러내 제 식으로 말을 걸고 싶은 날들입니다.

표출되지 않은 결심이나 계획은 그야말로 미완의 세계일 뿐이지요. 머리에 깃든 생각들이 가슴으로 내려와 말이나 행동으로 발산될 때 제대로 살아있다고 말할 수 있습니다. 불면 장고의 시간보다 어설프나마 행동하는 날들이 값질 때가 많습니다. 예를 들면 어느 날부터 한 장의 사진이 어떤 의미를 품고 있다고 느끼는 걸 어떻게 설명할까요. 한 컷 물상으로 앉은 그 품새에 많은 의미들이 녹아 있는 게 보입니다. 오도카니 앉은 그 말들을 번역하고픈 욕망이 생겼답니다. 글 쓰는 이로서 아주 늦은 자각이었지만 그 매혹은 뿌리치거나 무시할 만한 것이 못되었지요. 한 컷의 사진이 말을 걸어오면 반사적으로 어떤 이야기로 연결하고 있는 스스로를 발견합니다. 실제 풍경과 마음의 풍경 즉 심상이

교집합을 이루는 지점에서 새로운 말들이 제 영역을 만들어내지

뭡니까.

저는 사진가가 아닙니다. 사진가가 될 마음도 없습니다. 사진

이 요구하는 객관적인 약속이나 양식에서 벗어나, 저만의 시각

이나 감각으로 포착하고 감지한 것들을 언어로 옮기는 것이니까

요. 사진학적 눈썰미에서 자유로울수록 글 곁의 사진은 풍부한

함의를 지닐 수 있겠지요. 하잘것없고 무의미해 보이는 장면일

지라도 제 식의 정서가 스며들면 기꺼이 셔터를 누릅니다. 한 컷이 품은 뜻밖의 의미들을 풀어내는 이 작업이 자못 흥미롭습니다.

여전히 매체들은 바이러스 전파 소식으로 도배를 합니다. 배경으로 따라붙는 '코로나 19'의 로고는 어쩜 그리 우리가 느끼는 두려움에 반하여 영롱한지요. 그토록 강력한 전파력을 숨기고자 신비롭고 아리따운 외형으로 치장한 채 나타났는지도 모를 일입니다. 우주의 꽃을 가장한 저 바이러스는 어쩌면 인류 보편에게 전하는 서늘한 경고 같습니다. 무해한 타인의 선의를 헤아리지 못하거나, 바로 곁에 있는 것들의 소중함을 알아채지 못하는 것에 대한 알림 종 같은 것 말입니다.

삶이란 온전히 아름다운 것만은 아닙니다. 그렇다고 참담하게 비극적인 것도 아니지요. 이해할 수 있을 만큼의 비관이나 불운을 곁에 두되, 그보다는 의식적인 낙관이나 희망이 있는 한 이 위기도 머잖아 극복되겠지요.

벨 소리에 현관문을 엽니다. 하 수상한 시절인데도 택배 아저씨의 수고로움만은 변함이 없습니다. 울릉도에서 지인이 햇명이 장아찌를 보내왔습니다. 나물향이 포장박스를 뚫고 온 집안으로 번집니다. 참을 수 없을 정도로 완연하고 인간적인 봄 내음입니다. 봄이면 새잎에다 꽃향기지요. 그래요, 봄이니까 시작이나 희망이지요. 그에 걸맞은 사진으로 봄 명이나물이나 늦은 명자꽃으로 하려다 멈춥니다. 파문 앓는 여러 날들이 꽃망울로 맺기까지, 차분한 기도보다 나을 것도 없을 테니까요. 어찌할 줄 모르는 이 사회적 거리의 시간들이 저마다의 불꽃으로 타오를 수 있기만을!

친구들과의 저녁식사

때론 혼자만의 시간이 필요합니다. 피치 못해 사회적 관계망에 부대껴야 하는 현대인들. 무리에 섞인 단독자의 자아는 덜컹거리고 욱신거립니다. 한시바삐 정돈된 자기만의 시공간으로 돌아가고 싶어집니다. 사회적 가면을 벗어던지고 오롯한 혼자를 느낄 때의 해방감과 안온함이란! 다수의 무관심이라는 횡포에 방치된 자아를 '군중 속의 고독'이라고 말한다면 무리에서 탈출해 자발적 유폐를 지향하는 자아를 '군중 밖의 희열'이라 명명할 수 있을까요.

우양미술관 소장품전에서 본 그림 한 점을 떠올립니다. 독일작가 요르그 임멘도르프의 '친구들과의 저녁 식사Dinner with friends'. 별생각 없이 전시작들을 둘러보다가 그 그림 앞에서 발길이 멈춘 적이 있습니다. 가로 5미터가 넘는 유화 작품은 카툰의 성격이라기엔 어딘가 무거워 보이고 일러스트라기엔 풍부한 얘기가 들어있었습니다.

어두운 초록빛 배경 속, 긴 식탁을 중심으로 아홉 명의 친구들이 앉아 있습니다. 다양한 계층의 사람들 이를테면 정치가, 사업가, 협잡꾼, 기자 등등의 타이틀을 단 사람들이 저녁 식사를 하고 있습니다. 일견 성공한 것처럼 보이는 이들의 모임인지라 만찬 테이블이 화려합니다.재떨이, 꽃병 등 소품 하나하나까지도 신경 쓴 흔적이 보입니다. 고급한 음식과 포도주 위로 정치적 찌라시들이 날아다닙니다. 그래서일까요. 만찬 자리가 그리 편하게 보이지만은 않습니다.

자세히 보니 노동자 차림의 붉은 모자를 쓴 사내도 보입니다. 유일한 불청객일까요? 둘 곳 없는 시선을 제 앞의 음식에만 가두고 있습니다. 자기만의 세계에 빠진 옆 사람들은 붉은 모자에게는 말조차 건네지 않습니다. 저 건너편, 영향력 있는 두 사람의 논쟁에 귀를 열어 두느라 손에 든 담배조차 잊을 지경입니다. 그 둘은 그들만의 이슈에 빠져 나머지 친구들에게 눈길을 줄 여력이 없습니다.

정치인 친구의 속절없는 야심을 보면서 사업가 친구는 줄을 댈 생각에 머리가 복잡해집니다. 허풍과 위선을 일삼아 온 고급

룸펜은 정치인 친구에게 맞장구를 칩니다. 모두들 눈동자 굴리기에 바쁩니다. 친구들과의 저녁식탁은 하염없이 겉돌 뿐입니다. 포크와 나이프는 어디에 있는지, 포도주 맛은 신지 쓴지 중요하지 않습니다. 마치 동상이몽이란 사자성어를 배운 임멘도르프가 회화적 기법으로 그 뜻을 알리려 한 게 아닌가 싶을 정도입니다.

여기서 그치면 클라이맥스 없는 스토리가 되겠지요. 하단 오른쪽, 관람자를 응시하는 듯한 표정의 화가 자화상이 보입니다. 그림의 단순한 전달자가 아니라 현장성을 증명하기 위한 작가의 의지로 읽힙니다. 입을 벌린 채 의자를 뒤로 빼서 앉은 화가는 이 만찬의 내레이터 역할을 맡고 있습니다.

화가는 저녁식사 자리의 처음과 끝을 이미 알고 있습니다. 다섯 손가락마다 낀 금반지와 과장된 당나귀 귀로 자신을 희화화해 만찬 자체가 우스꽝스런 퍼포먼스임을 암시합니다. 인간 군상이 모인 곳의 환상에 대한 비틀기를 시도하는 것이지요. 그림 속 화가는 이렇게 말하는 것 같습니다. 니들 알아? 관계는 때로 피로하다고. 손가락에 낀 화려한 반지만큼이나 불편하다고.

이 작품에서 자화상은 낭만적 방관자가 아닌 위트 있는 고발

자로서 기능합니다. 붓 터치의 적나라한 은유를 통해 사회적 얼

개의 위선과 부질없음을 고발하고 있습니다. 무리 속의 자아가

겪는, 어찌할 수 없는 혼돈에 대한 알레고리와 풍자로 이만한 그

〈요르그 임멘도르프, 친구들과의 저녁식사 / 우양미술관 제공〉

림이 있을까요. 2차 세계대전 전후 작가가 겪은 개인적 트라우마
나 사회적 경험이 이런 통렬한 비판 의식을 키운 게 아닌가 싶습
니다.

원하든 그렇지 않든 관계가 지속되는 한, 그림 속 친구들과의 저녁 식사 같은 상황은 늘어날 수밖에 없습니다. 초록실 밀실로 표현된 그 공간은 현대인의 낭만적 관계 부재를 안타까워하는 매개물로 보입니다. 예민한 눈썰미로 세세한 것까지 포착해 공개적으로 고발하는 작가는 어쩌면 새로운 희망을 제시하고 있는지도 모르겠습니다. 연민 서린 그 녹색 분위기를 통해 깊은 성찰로써 관계망 속에서의 스스로를 재조명할 것을 주문합니다. 그래도 견딜 수 없을 정도로 덜컹거리고 욱신거리는 찌꺼기가 남는다면 그것을 끊어낼 배짱이라도 발휘하라고 조언하는 것 같습니다.

지금 이 순간에도 누군가는 친구들과의 저녁 식탁에 초대되어 있습니다. 그것이 무의미한 자리라면 그 사람은 애꿎게도 핸드폰 화면을 터치하거나 진주 귀걸이가 달린 귓밥이나 문지르고 있겠지요. 일부러 손가락마다 반지를 낀 채 위악을 떠는 임멘도르프의 통찰을 흉내 낼 수 없거나, 그 자리를 스스로 성찰할 자신이 없다면 차라리 그 자리를 벗어나 조용히 숲속으로 들어도 좋겠지요. 가까운 숲 모퉁이를 돌아들면 친구들과의 저녁식사를 해설하는 임멘도르프의 자화상을 만날 수 있습니다.

거리 두기

여전히 사회적 거리 두기가 강조 되는 나날입니다. 덕분에 가족 간의 물리적 거리는 가까워졌습니다. 기숙사 생활을 하던 아들이 코로나를 핑계로 귀가했습니다. 스무 살 넘으면 집 떠나야 한다, 는 생각을 지닌 터라 갑작스런 아들과의 동거가 적잖이 신경 쓰입니다. 일찍이 객지 생활을 한 아이였기에 애틋한 감정이 앞서지만, 며칠 새 불편한 상황들이 그 감정을 섞어버리는 걸로 보아 제 모성에도 이끼 같은 스트레스가 끼나 봅니다.

여기까지야 엄마로서 감당할 저만의 상황이니 괜찮은데, 살짝 한 발 더 나가는 게 문제입니다. 십 년 전이나 지금이나 한결같은, 부모 입장에서의 당연한 말씀이 뒤따르는 것 말입니다. 일찍 일어나라, 운동해라, 감성을 잃지 마라, 그리고 계획해라……. 네, 하고 건성으로 돌아오는 대답 또한 십 년째 변함이 없습니다. 지리멸렬하기만 한 훈화와 답하기 속에서 두 사람의 생각은 다

롭니다. 엄마는 누르고 눌러 겨우 한 번 말한 것 같은데, 아들은 오늘도 어제와 같은 레퍼토리를 들어야 하나 하는 부담감을 맛봅니다. 가까이 있는 한, 엄마는 하나 마나 한 '좋은 말'을 하지 않을 수 없고, 자식은 들으나 마나 한 '잔소리'를 듣지 않을 수 없습니다. 부모는 경험한 대로의 삶의 나침반을 제시한다지만, 자식 입장에서는 바라던 바가 아닌 모정의 덫에 걸리는 격입니다. 거리 두기는 '사회적'으로만 필요한 게 아니라 '가정적'으로도 요청된다고나 할까요.

적당한 거리가 확보되어야 현명한 소통에 이를 수 있다는 건 만고의 진리입니다. 시공간적으로 너무 가까운 거리는 느긋하고 성숙한 관계를 해치는 훼방꾼이 될 수도 있습니다. 가족애든 우정이든 또는 사회 관계망이든 다 해당되는 말씀 같습니다. 일단 너무 가까우면 상대의 초심에 괜한 의문을 갖게 됩니다. 흔히, 믿었던 상대에게서 실망감을 맛보면 우리는 '초심을 잃었다.'라고 표현합니다. 곰곰 생각하면 그 누구도 초심을 잃은 적 없는데 말입니다. 초심은 한 가지가 아닐뿐더러 거기 그대로 있는 데다 드러나지도 않습니다. 이런저런 초심들이 사람 안에 살지만 우리는 상대에게서 보고 싶은 한두 가지만 봅니다. 좁은 거리감에서

오는 기대감이 그런 상황을 만드는 것이지요. 초심을 잃은 건 상대가 변해서 그런 게 아닙니다. 믿음이나 환상을 가진 내 마음이 변한 것입니다. 자신의 환상을 상대에게 투사해 초심을 잃었다고 단정해 버리는 것이지요. 내 환상이 걷힌 자리가, 잃어버렸다고 생각한 상대의 초심이 되는 겁니다. 기대라는 가지에 달아버린 나의 환상이 언제나 문제인 것이지요. 이 모든 게 너무 가까워서 생기는 심리적 착시라는 생각이 듭니다.

누구나 타고난 단점과 성장 과정의 결핍, 그로 인한 묻어버리고 싶은 콤플렉스를 지니고 삽니다. 약점 많은 사람끼리 잘 지내려면 거리가 필요합니다. 여염집 담장에 피어난 제라늄 화분만큼의 거리면 딱 좋겠습니다. 적당한 거리가 유지된 만큼 꽃끼리 뭉치는 법도 없고, 남의 화분을 침범할 이유도 없습니다. 안심 거리를 확보한 꽃들은 거리낄 것 없이 화사한 빛깔을 피워 냅니다. 화분끼리 다닥다닥 붙어 있다면 창 아래 저마다의 꽃잎들이 생기를 뿜지는 못하겠지요. 다닥다닥 좁혀진 거리라면 작은 바람에도 꽃잎끼리 부딪혀 물러지고 질척거리게 될 테니까요.

찢어지기 쉽고 떨어지기 쉬운 꽃잎 같은 관계의 속성에 주목한다면 적당히 무심해야 오래 간다는 것을 알게 됩니다. 바랄 게 없으면 야속할 일도 없습니다. 물이나 주고 바람 정도나 통하게 두면 꽃피울 것을, 매일 물을 주고 매만지다 보면 꽃 피우기는커녕 새싹 돋는 것도 만나기 힘들겠지요.

매일 보면 찡그릴 수 있지만 가끔 만나면 웃음 짓게 됩니다. 괜히 고슴도치 이론이 있는 게 아니겠지요. 좋다고 비비대면 서로 돋은 가시에 상처만 입을 뿐입니다. 근원적인 친밀감이 형성되었다면 적당히 멀 때, 오래 가고 피로도도 덜합니다. 자주 본다고 깊어지지도, 멀리 있다고 얕아지지도 않는 게 관계입니다. 요란한 결속일수록 풀어지고 흩어지기 쉽습니다. 관계의 밀도는 지근한 거리가 아니라 상호 신뢰에 바탕을 두는 것이니까요.

마인드맵처럼 번져가는 반성문을 쓰다 보니 당장 아들에게 필요한 건 '모성의 거리'라는 걸 알겠습니다. 그러고 보니 거리 두기의 지향점은 결국 자신을 향한 것이네요. 타자로부터의 거리 두기는 스스로부터의 거리 두기에로 종결되는 것 같습니다. 자기 내면과 떨어지는 연습을 통해 자기 객관화를 도모하는 길 말이에요. 가족애든, 인류애든 조금 떨어지는 과정을 통해 좀 더 성숙된 사랑을 연습하고 실천할 일입니다.

사념이 없어야

아침마다 음악과 시를 전송해주는 지인이 있습니다. 연세도 많은 분이 어쩜 그리 한결같으신지. 처음엔 송구한 맘에 의무적으로 클릭을 했지만, 요즘은 늦잠을 완벽히 깨우는 마법의 음료수로 삼고 있습니다. 눈을 뜨면 습관처럼 찾곤 하지요. 누군가의 수고로 제 하루의 시작이 신선합니다.

오늘은 황지우 시인의 「겨울산」이 배달되었어요. '너도 견디고 있구나// 어차피 우리도 이 세상에 세 들어 살고 있으므로/ 고통은 말하자면 월세 같은 것인데/ 사실은 이 세상에 기회주의자들이 더 많이 괴로워하지/ 사색이 많으니까// 빨리 집으로 가야겠다'.

몸은 부스스한데 정신이 번쩍 듭니다. 짧은 시지만 통렬하게 뜨끔합니다. 칼럼을 써야겠다는 생각이 번개처럼 스쳤습니다. 시인의 일갈처럼 인간은 사색이 많아 괴로운 기회주의자들이죠.

그 출발점은 욕망이라고 할 수 있어요. 평범한 우리들에게 욕망 없는 만족이 있기나 할까요? 욕망은 인간의 숙명적 굴레예요. 하느님이 그렇게 만들었으니 욕망하는 것 자체는 잘못이 아니에요. 거기에서 파생하는 수많은 '사색'이 문제인 거지요. 사념덩어리는 욕망하는 행위의 필수불가결한 부산물이에요. 그것을 줄이고자 하는 노력이 욕망을 좀 더 건전하게 가꿀 수 있다고 생각합니다.

상념, 그러니까 어떤 판단이나 계산 같은 것들은 욕망이 누는 똥이에요. 그것은 필연적으로 괴로움을 수반하지요. 내가 기회주의자일 때 파생된 잡념들이니까요. 사색만 버릴 수 있다면 욕망 자체는 부끄러울 게 하나도 없습니다. 사념이 많다는 건 유리에 갇힌 파도 같은 상태를 말합니다. 휘몰아치고 넘실대지만 자연스러운 게 아니니 제 안을 넘지 못합니다. 신선하지도 그렇다고 파란을 일으키지 못하지요. 끝내 해안선에 닿지 못하고 번뇌의 유리통만 되풀이해서 철썩일 뿐이지요.

순수하니 몰염치해도 사랑스럽고 간절하니 맹렬해져도 용서가 되는 게 욕망이에요. 나아가 성취하면 오만해지는 것도 욕망의 속성이지요. 군자가 못 되는 대다수의 우리는 그렇게 욕망하면서 살아갑니다. 욕망의 인간적인 면모라고나 할까요. 하지만 한 바퀴만 돌리면 다음과 같은 지점에 이르게 됩니다. 완벽하게 성숙하면 겸허해지는 것이 곧 욕망이 된다는 것을요. 조금씩 버리다 보면 사색마저 버리게 된다는 것을요.

쓸데없는 사색을 부려 놓기 위해 길을 나섰어요. 외곽지에서 폐차장을 만났습니다. 층층이 쌓인 껍데기들이 허공 속에 누워 있습니다. 차를 세우고 한 컷을 얻습니다. 탐욕의 끝자락이 저 쨍한 하늘자리에 걸려 있습니다. 한때 도로를 누비던 부질없었던 영광이 낡고 부스러진 사념덩어리로 켜켜이 쟁여져 있습니다. 위태로운 사색의 끝을 보는 것만 같습니다. 마음의 짐을 덜려다 더한 마음의 짐이 생깁니다. 사특한 욕망이야말로 끝내 허망의 탑 쌓기와 다르지 않음을 알겠습니다.

인간은 근본적으로 '홀로쟁이'입니다. 어느 프로파일러의 말이 생각납니다. 사람에게서는 희망을 발견할 수 없다고. 그래서 매체로는 동물의 왕국만 본다고. 그 정도까지는 아니더라도 그 생각에 동조할 때가 있습니다. 쌉싸름한 희망보다 달콤한 비관이 가슴을 지배하는 그런 날이 가끔 있잖아요. 그래서 누구나 외롭고 누군가는 고독을 즐긴다고 말하는지도 모르겠습니다.

　외로움과 고독 구별법, 사전적 의미와는 무관하게 저만의 풀
이를 달아봅니다. 감성적 에너지로 자신을 갉으면 외로움이에
요. 한마디로 괴롭지요. 그 자리에 창조적 에너지를 쏟으면 고독
이 되는 거지요. 견딜만한 희열이지요. 어차피 무에서 시작하는
유는 없어요. 있는 유를 파괴한 찌꺼기가 신선한 창조물이 되는
거지요. 완벽에서 새로움이 생길 리 없잖아요. 새로움이야말로
기존의 새로웠음을 밟고 일어나는 뭉근한 혁명이니까요.

지인의 전화기 퍼스나콘에서 이런 뉘앙스의 문구를 본 적이 있어요. '징징대거나 불평하지 말아요. 열심히 나아가요. 더 많은 시간을 홀로 보내요. 나는 나예요. 이유를 찾는 건 중요하지 않아요.' 가만 읽어 내리면서 욕망이나 고독은 같은 말이라는 생각이 들었어요. 궁극적으로는 자신을 위한 거니까요.

여전히 혼자 또는 소수를 강권하는 나날이에요. 코로나가 친숙한 친구가 되어가는 동안 건강한 욕망을 꿈꿔도 좋을 것 같아요. 외로움을 고독으로 업그레이드 시키는 연습도 괜찮구요. 주변을 챙기지 못하는 아쉬움이 남더라도, 더 많은 시간을 홀로 보내는 게 결코 견디지 못할 정도의 일은 아니라고 생각합니다.

가만 자문자답해봅니다. 외로운가요? 욕망해서 그래요. 하지만 괜찮습니다. 욕망은 나쁜 게 아니니까요. 다만 명심할게요. 욕망의 똥덩어리인 사념을 버려야 건강한 고독으로 거듭난다는 것을. 번드르르하거나 번잡함 뒤의 공허한 잔해. 삶의 실체적 진실이 자명할수록 우리는 잘 견뎌내야 하니까요. 더한 사색이 쌓이기 전, 빨리 집으로 가야겠습니다.

꽃 진 자리

　능소화가 집니다. 무너진 꽃잎들, 담장 아래로 붉은 꽃 그림자를 이룹니다. 오점의 예견도 없이 추락의 예감도 없이, 찢어지고 오므라들다 마침내 누렇게 타들어 갑니다. 담담한 생의 끝자락에서 스스로 길을 내는 저 화흔들. 제아무리 화려하고 향기로운 꽃도 지고 나면 찐득한 상처를 남깁니다.

　그 상처는 아이러니하게도 우연에 기댈 때가 많습니다. 꽃나무로 마당에 발을 들이는 순간, 운명이 된 우연은 상처인 줄도 모르고 꽃을 피웁니다. 그러다 돌풍 실은 바닷바람 한 점에, 여름을 재촉하는 다급한 장맛비 한 방울에 꽃잎을 떨굽니다. 일견 화려한 꽃이 안타까운 꽃 무덤으로 보이는 순간입니다. 하지만 자세히 들여다보면 그건 너무 당연한 자연현상일 뿐입니다.

　진물로 끈적이는 그 자리는 끝이 아닙니다. 결코 흉물스럽지도 않습니다. 생의 이면을 날 것으로 보여주는 고해성소입니다.

살다 보면 사물이나 사람을 그릇 이해할 때가 있습니다. 넘치는 욕심에 상대를 궁지로 몰아넣고, 어림없는 오해로 상처를 주기도 합니다. 이 모든 것은 작은 우연에서 시작될 때가 많습니다. 꽃 진 자리는 이러한 우연이 마련한 통곡의 바다이자 상처의 실존입니다. 하지만 상처는 곧 힘이 됩니다. 그것으로 새로운 꽃망울을 말아 올립니다. 결곡하게 피운 꽃은 또다시 향을 내뿜고 열매로 보답합니다.

칠월의 꽃 능소화, 그 꽃 진 자리는 서러움도 추함도 아닙니다. 죽음이 아니라 또 다른 생의 시작점입니다. 곡진 생의 사이클을 보여주는 가장 선명한 증거물입니다. 그 상처가 풍화하기까지는 시간이 걸립니다. 그 안에서 몇 번의 개화와 몇 번의 낙화가 필연처럼 이어집니다. 싹틈 또는 꽃피움으로 이어지는 환희의 이미지, 그것이 자연의 전부는 아닙니다. 필연으로 이어지는 떨굼 또는 추락의 순환까지 거쳐야 완전체의 자연이 되는 것이지요.

생각하면 모든 결실은 추락이 그 시작이었지요. 떨어져보지 않는 시간은 가짜입니다. 더럽혀지지 않은 추억은 엉터리이지요. 뭉개져보지 않은 열매는 껍데기에 지나지 않습니다. 한 생애,

깊어지거나 단단해졌다면 그 모든 것은 충분히 꽃 진 자리를 살폈다는 뜻이겠지요.

아무것도 모르는 어린 시절의 환희와 절정, 우연처럼 이어지는 청춘의 혼란과 불안. 짓무른 그 시간의 힘으로 다시 꽃망울을 맺고 피는 중년, 머잖아 운명처럼 맞이할 노년의 허무와 고독. 숨 쉬는 한 우리 삶은 비상과 추락의 변증법을 연주합니다. 저 먼 우주의 먼지로 사라지는 그 순간까지 무대 위 그 사이클은 계속됩니다.

누군가 묻습니다. 어느 때로 돌아가고 싶으냐고. 망설임 없이 대답합니다. 지금 이 순간 말고는 어느 시절로도 돌아가고 싶지 않다고. 혹시라도 이십 대 시절은 어떠냐고 묻는다면 고개를 완강히 젓겠습니다. 끝없이 흔들리고 하염없이 추락하던 한 시절이었으니까요. 결실 없던 열매, 비상 없던 날개의 나날만 지속되었지요. 새벽이 올 때까지 무너지던 버거운 한 시절은 그것으로 족합니다.

지금의 청춘들도 별달라 보이지 않을 때가 있습니다. 하지만 짓무른 꽃잎 같은 시간 없이 어떻게 단련할 수 있을까요. 하염없이 떨어져본 나날들은 알게 모르게 스스로를 단단하게 부릴 줄

압니다. 싹 틔우는 모든 힘은 한 시절의 상처가 원동력이 되니까요. 떨어진 꽃잎의 선명한 아픔을 겪었기 때문에 굳건한 힘으로 일어설 수 있는 것이지요. 꽃의 진실은 피어서 화사하냐, 떨어져 시드냐가 아니라 꽃 자체의 한 살이에 있습니다. 피는 꽃은 화사해서 아름답고 지는 꽃은 안타까워서 눈물겹습니다. 그러니 꽃 진 그 자리, 처절한 아름다움이라고 불러도 될까요.

핀 꽃의 진실은 나뭇가지에 달리지만 진 꽃의 진실은 꽃 진 바위에 내려앉습니다. 꽃 진 자리를 톺아봅니다. 누군가 꽃 핀 자리에 눈을 높이 맞출 때, 누군가는 녹아내린 꽃 무덤 속으로 마음을 보탭니다. 그 속에서 생환의 뿌리를 다지고 활력의 가지를 뻗는 나무를 봅니다. 꽃 핀 나무가 단순히 밝은 눈을 선사할 때, 꽃 진 자리는 성찰이라는 깊은 우물을 보여줍니다. 생과 멸로 이어지는 이 우주적 질서는 아름다운 추락이자 처절한 비상으로 명명할 수 있겠습니다.

　꽃 진 그 시간을 최상의 것으로 추억하기 위해 저마다 길을 냅니다. 구구절절 말을 잇긴 했지만, 실상 떨어진 꽃잎은 해석이 필요치 않습니다. 이해되기 전에 전달되는 그 무엇이기 때문입니다. 실존의 상처로 단련된 꽃 무덤은 그 자체가 사유의 통로가 됩니다. 필연으로 떨어져 꽃길을 내고, 깊이 내려가 진물을 이루는 모든 것은 생의 이면입니다. 견고한 잉태와 단단한 도약을 위한 전초전입니다. 절절하게 떨어져 본 꽃잎일수록 절실하게 꽃 피우는 자양분이 됩니다. 꽃 진 자리는 그렇게 자신을 비추는 거울입니다. 추락 없는 꽃잎이 어디 있으며 짓무름 없는 성장이 가당키나 할까요.

저마다의 답

시골뜨기인 저는 오학년 때 대구로 이사했습니다. 이층집도, 수세식 화장실도 한 번 본 적 없는 깡촌 아이 앞에 펼쳐진 휘황찬란한 도회의 파노라마는 차라리 공포에 가까웠습니다. 충격이 얼마나 컸던지 그 어린나이에 결코 원한 적 없던 묵언수행을 감행해야 했을 정도였습니다. 제 생애에 우울기가 있었다면 그때가 시초였을 거예요.

크고 작은 여러 체험을 겪었습니다. 그중 의아스러웠던 것 중의 하나가 '으'와 '어' 발음을 구별하지 못하는 친구들이 많았다는 것이에요. 이층으로 올라간다, 라고 하면 될 것을 '이청'으로 올라간다, 라고 하거나 음악 시간이라고 하면 될 것을 '엄악' 시간이라고 발음하는 것이었지요. 멀쩡하고 예쁜 이름인 이은진도 '이언진'이라고 바꿔 불렀습니다. 심지어 '언진(은진)이가, 언진이가?' 하면서 제가 듣기에는 똑같아 뵈는 발음으로 그들 식의

'으, 어' 발음을 구별하기까지 했습니다. 생경하고도 기이한 일이었습니다.

시골에서는 어느 누구도 그 두 음절을 정확히 발음하지 못하는 친구들이 없었습니다. 철이 들고 난 뒤 그것이 단순한 언어습관 이하도 이상도 아니라는 사실을 알게 되었습니다. 모든 사투리가 그렇듯 윗세대가 그렇게 발음하니 아랫세대도 별 뜻 없이 그렇게 배운 것뿐이었지요. 원래 인간은 자기 울타리 안에서 자기식으로 그 상황을 이해하고 받아들이는 존재니까요.

오랜만에 전국구 친구들을 만났습니다. 무슨 말끝에 'thanks to'라는 말이 나오게 되었습니다. '생스투'라고 제가 발음하자 나머지 친구들이 동시에 웃었습니다. 왜 웃는지 저는 전혀 눈치채지 못했습니다. 다시 그 발음을 하게 되었을 때, 친구들이 좀 전보다 더 넘어갔습니다. '땡스투'로 말해야지 '생스투'라는 말은 너무 어색하답니다. 한 번도 그렇게 말하는 방식이 이상하다고 생각해 본 적이 없었기에 적이 당황했습니다. 어차피 영어 발음으로 할 것도 아닌데 생스투나 땡스투나 그게 그거 아닌가 하는 생각이 들었습니다.

소심한 저는 thanks to를 우리말 식으로 어떻게 발음하는 것

인지 인터넷 검색을 해보았습니다. 검색 상으로는 '땡스투'나 '샌스투'나 그게 그거였습니다. 비슷한 비율로 검색되는 걸로 보아 그 말 자체는 크게 문제 될 것이 없었습니다. 그렇다면 단순히 땡스투냐 샌스투냐의 차이가 아니라, 제 발성법에 문제가 있었겠다 싶었습니다. 경상도식 사투리 발성에서 오는 특이함 때문에 친구들이 웃었겠구나, 하는 생각을 했습니다.

마치 어릴 적 '으'와 '어'를 구분하지 않고 -그들 나름으로는 구분을 했겠지만- 발음하던 도회지 아이들을 보면서 제가 이상하다고 느꼈던 것처럼 친구들도 그런 마음이 아닐까 짐작했습니다. 제가 이상하다고 생각한 것이 그들에게 아무렇지도 않은 것이 저로선 이상했듯이, 그들이 이상하다고 생각한 것이 제겐 이상하게 받아들여지지 않는 것 역시 그들에겐 이상할 수도 있다는 사실만을 확인했지요.

북 토크 진행을 한 뒤, 제 음성이 녹음된 파일을 들은 적이 있습니다. 비염 섞인 어색한 음색에다 사투리 높낮이가 선명한 목소리를 듣는 순간 얼른 꺼버리고만 싶었습니다. 그것만으로도 충격인데 더한 면을 발견했습니다. 저 역시 미세하게 으, 어 발음을 완벽하게 해내지 못하더란 말입니다. 경상도식 특유의 발성법이 굳어져 어떤 부분에서는 분명히 '으, 어'를 제대로 구분하지 않고 쓰고 있다는 것을 감지했지요. 그제야 왜 친구들이 제가 생스투,라고 내뱉었을 때 웃었는지 온전히 이해하게 되었습니다. 발성 자체에 사투리 버전이 녹아있으니 표준어를 구사하는 입장에서는 어색하게 들릴 수밖에요. 어떤 이의 말과 행동은 스스로 한 것이되 스스로의 것이 아닐 수도 있습니다. 발설하는 순간부터는 그것은 상대자의 것, 즉 받아들이는 자의 몫이 되는 것이지요. 당사자는 궁궐을 지어도 상대는 초가를 볼 수 있습니다. 전하는 자는 열매를 전해도 받는 자는 씨앗을 받을 수도 있습니다. 전하는 자의 말은 해석하는 자의 귀에 따라 그 내용이 달라질 수 있습니다. 진실과는 상관없이 내 의도와 상대의 해석은 같을 수가 없기 때문입니다.

어떤 대상이나 현상이 이상하게 보이는 것 이상으로 스스로도 타자에게 이상하게 보일 수도 있다는 사실을 잊지 않겠습니다. 어떤 배우의 무대 인사가 생각납니다. "내 의도와는 다르게 해석되어도 괜찮다. 관객들이 느끼는 것이 정답일 것이다." 어떻게 받아들이냐는 것은 순전히 상대에게 달렸습니다. 언행의 전부를 상대가 이해하기를 바란다는 것 자체가 모순이고 욕심입니다. 나는 말하고 상대는 해석하는 것, 이것이 세상 이치니까요. 세상엔 수많은 밥이 있고, 그 밥을 먹는 방식은 입맛마다 다릅니다. 오해가 풀리기 전까지는, 저마다의 방식으로 해석한 그것이 정답일 수밖에 없습니다.

해바라기 스캔들

인간은 보기보다 허술하고 허당끼 많은 존재이지요. 이성적 동물이 인간이라 하지만 그것이 늘 합리적이고 논리적으로 판단하고 행동한다는 근거는 되지 못합니다. 이성이란 갑옷으로 아무리 무장을 해도 부지불식간에 감정이란 빨간 내복이 삐져나오기 마련입니다.

짐승은 본능에 충실하고, 괴물은 본능을 관장합니다. 그러면 그 중간인 인간은? 본능을 억제하는 순간적 능력이 뛰어난 동물일 뿐이지요. 성경에 묘사된 하느님조차도 온전한 이성으로 세상과 인간을 판단하지는 않았습니다. 절대자답게 당신 기준으로 세상 피조물들의 생사를 관장했습니다. 그 기준이란 것이 인간의 눈으로 봤을 때 완벽히 이성적인 것은 아니었지요. 그러니까 당신 닮은 인간을 창조했다고 말한 하느님의 말씀은 너무 인간적인 감정이지요. 어떤 판단에 이성이 꼭 감정보다는 낫다고 말할 수 없다는 걸 말하기 위해 이렇게 빙빙 돌아왔네요.

어떤 문제 앞에서 우리는 흔히 '감정 섞지 말고 이성적으로 판단해'라고 말합니다. 하지만 그 판단이 항상 실천적 행동으로 연결되지는 않습니다. 감정을 덜 섞는 타협으로 행동화할 수는 있어도 이성 그 자체에 이르지는 못하지요. 지금 이 순간도 우리는 착각합니다. 나는 감정적이지 않으며 이성적인 판단을 유지하고 있다고. 어림없는 소리입니다. 여전히 우리를 지배하는 결정적인 부분은 이성이 아니라 감정이라는 사실만 확인할 뿐입니다. 행불행을 관장하는 너무나 인간적인 단어, 그 이름 감정!

둘만 되어도 이성적 판단 앞에서 갈등하게 됩니다. 오죽하면 사르트르가 '타인은 지옥'이라고 표현했을까요. 안전한 거리 확보 없는 관계는 파국에 이르기 쉽습니다. 평화를 가장한 전쟁, 미소로 위장한 침울, 침묵으로 포장한 폭발이 당신 곁에 맴돈다면 이는 틀림없이 적당한 거리라는 이성에 금이 간 상태입니다. 감정이란 골이 생기고 있다는 뜻이지요.

감정 동물인 인간관계의 법칙에 가장 적절한 예가 예술가들일 것입니다. 예민한 예술혼이라는 짐을 진 대신 '제멋대로'라는 면죄부를 얻은 그들의 관계는 감정 때문에 더 쉽게 깨지고, 그 파

국 또한 처절할 수밖에 없었습니다. 고흐는 해바라기를 그렸습니다. 고갱도 해바라기를 그렸지요. 고흐의 해바라기는 심연을 후벼 파는 듯 격정적이고, 고갱의 해바라기는 자유분방한 듯 자신만만합니다. 고흐의 해바라기는 많은 사람에게 알려져 있고, 고갱의 해바라기는 맘먹고 검색이라도 해봐야 아는 이도 많습니다. 그렇다고 고흐의 해바라기가 더 아름답거나 예술적이고, 고갱의 해바라기는 덜 아름답고 덜 미학적이라는 뜻은 아닙니다.

해바라기로 대표되는 두 예술혼의 방식이 너무 다르다는 것을 말하고 싶은 거지요.

고흐는 자신의 예술욕을 채우기 위해 고갱을 아를르로 불러들였습니다. 도도하고 지적이고 권위적인 고갱에 비해 고흐는 격정적이고 소박하고 성실했습니다. 더 사랑하는 사람이 약자의 매뉴얼을 담당하는 건 인지상정이지요. 둘 사이에서 권좌를 차지했던 고갱은 소박한 의자에 앉아 집착하고 매달리는 고흐가 성가실 뿐이었습니다. 참을 수 없었던 고흐는 광기를 핑계로 자신의 귀를 세상을 향한 분노처럼 고수레하고 말지요. 그렇게 해야만 상처받은 영혼에 조금이라도 위로가 될 터였지요.

고흐의 해바라기는 예술혼의 결정체입니다. 고갱의 해바라기도 그렇습니다. 너무 다른 자신만의 해바라기를 위한 것이었다면 그 둘은 만나지 않은 게 더 나았을 것이에요. 하지만 인생은 짧고 예술은 길다지요. 각각 신경강박증과 오만방자가 없었더라면 누가 그들이 남긴 해바라기 은유에 대해 이토록 오래토록 기억해줄까요.

두 사람의 파국에 책임의 추를 견줘 보는 것은 의미가 없습니다. 고결한 고흐의 신화도 고집불통이었던 고갱의 전설도 감정에 충실한 개성 덕분이었지요. 그 감정선 덕에 그들의 예술혼이 빛날 수 있었으니까요. 자기 연민으로 견뎌내는 고통도 자기 격정으로 발산하는 오만도 예술가에게는 모두 필요한 덕목일 테니까요. 그러하니 오늘밤도 몇 번씩 제 귀를 면도날로 오리는 악몽에 시달리는 당신, 당신이야말로 제 안에 해바라기 한 송이를 품은 예술가임을 잊지 않았으면. 그 원천은 용서할 만한 이성이 아니라 달떠도 좋을 감성에 바탕을 두고 있음을 잊지 않았으면. 격정의 드라마 없는 예술혼이 가당키나 할까요. 누군가의 예술혼은 그 출발점이 황금별 송이마다 촘촘 박힌 해바라기 씨앗 같은 감정 하나하나였음을 되새기는 밤!

드라이브 스루

봄볕이 따습습니다. 겨우내 갇혀 있던 화분들을 베란다 창턱에다 내놓았었지요. 다육이들 작은 잎새마다 새순이 돋고, 빨갛거나 노란 기왕의 잎들도 선명한 때깔을 자랑합니다. 물리적 거리 두기 캠페인으로 갑갑하지만, 앙증맞은 잎들을 살피노라면 그나마 작은 위안이 됩니다. 몇몇 화분을 더 들여야지 하는 핑계를 앞세워 봄 마중을 나섭니다.

봄을 보채는 온갖 물상들이 점멸등처럼 깜박입니다. 차창으로 스며드는 먼빛의 아른거림을 시작으로, 아파트 꾸밈 벽 바위 틈을 뚫고 핀 영산홍의 춤사위며, 물기 서린 바닥으로 내려앉는 벚꽃들의 분분함이 차례로 어룽거립니다. 볕이 다사로울수록 쉬엄쉬엄 가는 것도 나쁘지 않겠지요.

길섶, 사과 바구니를 갈무리하는 할머니가 보입니다. 넓디넓은 과수원을 배경 삼아 앉은 품새가 쩨쩨하거나 손이 작아 보일

성싶지는 않습니다. 잠깐 실리적인 계산속이 제 머리를 스칩니다. 공판장이나 마트보다는 싸고 맛난 과일을 '득템'할 수 있을 것 같았습니다. 생각보다 비쌌지만 흥정도 에누리도 없이 한 바구니를 샀습니다. 할머니가 사과를 꾸리는 동안 저는 과수원에 내려앉은 별사탕 같은 봄까치꽃을 앵글에 담았지요.

다시 길을 나섭니다. 벚꽃 터널이 시작되지만 시국이 시국이니만큼 상춘객은 눈에 띄게 줄었습니다. '드라이브 스루'^{drive-through} 안내 현수막이 꽃길 따라 나부낍니다. 패스트푸드 가게에서나 필요했던 이 첨단의 방식이 행락에도 적용될 줄은 꿈에도 생각 못했었지요.

아시다시피 드라이브 스루는 주차하지 않고 상품을 구매할 수 있는 서비스를 말합니다. 우리말로 다듬자면 '승차 구매' 쯤이 될까요. 장소를 가리키는 의미라면 '승차 구매점'도 될 수 있겠네요. 순화한 표현도 순우리말이 아니니 굳이 바꿔 부를 필요까지는 없겠지요. 일찌감치 미국에서 첫선을 보였다지만 그때는 지금처럼 비대면이 필요해서가 아니라 단순한 편의 때문에 생겨났겠지요.

단순하고 스피디한 것을 마다않는 저는 코로나가 오기 전부터 드라이브 스루에 호의적이었답니다. 햄버거 한 세트를 사기 위해 매번 매장 안을 서성이지 않아도 된다니 이보다 더한 편의가 어디 있겠습니까. 인간미가 좀 없어 보이긴 하지만, 서비스 주체와 손님 간에 신뢰만 있다면 큰 문제가 될 것은 없겠지요. 실제 드라이브 스루로 구매한 햄버거가 잘못 나온 적이 있었는데, 직원의 친절한 전화 응대에 감동을 받은 적이 있습니다. 이런 작은 경험도 드라이브 스루에 긍정적인 제 마음에 일조를 했는지도 모르겠습니다.

경상도식 발음 영향인지 '드라이버'라고 틀리게 인쇄된 현수막 글씨마저 인간적입니다. 드라이브 스루는 원조 격인 미국보다 이제 우리에게 익숙한 것처럼 보입니다. 코로나 사태를 겪는 동안 우리 의료진이 보여준 창의적이고도 성공적인 이 검진 방식에 전 지구촌이 주목했다니 의료진의 노고에 감사할 따름입니다.

하염없이 꽃터널만 드라이브 스루하다 화원엔 들르지도 못한 채 귀가합니다. 목이라도 축일 겸 봉지에서 사과를 꺼내는데 썩은 것이 눈에 띕니다. 한두 개가 아니라 좋이 삼분의 일은 검은 구멍이 송송 나있습니다. 에누리 없는 장사 없다지만 속임수 없는 이문 또한 불가능한 것일까요. 시골할머니에게 장삿속이 있을 리 만무하다고 믿는 것은 사랑이 로맨스만으로 이뤄진 거라

고 착각하는 것만큼이나 어리석은 일이 되어버렸네요. 순박한
꽃을 한 악덕에 상처받은, 착할 마음이 조금도 없었던 저는 괜히
꿀꿀해집니다.

　가만 되돌아봅니다. 더 싸고 맛난 과일을 접수할 수 있을 거
라고 설레발 친 것은 제 마음이었지요. 할머니가 저를 속인 게 아
니라 제가 스스로를 속인 셈이지요. 욕심 낀 마음이야말로 가장
속이기 쉬운 상대니까요. 뭔가 잘못되어 가고 있다면 스스로를

속일 때야 가능한 일임을 알겠습니다.

눈 마주치고 손 맞잡는다고 다 좋은 건 아닙니다. 사람 모인 곳이 항시 비로드 조각보처럼 포근하거나, 데워진 찻잔처럼 따뜻하지만은 않습니다. 내 한 가슴에서 두 심장이 뛰면, 한 입에서 두 혀가 움직이는 화답으로 돌아올 수 있는 게 사람입니다. 반대로 직접 부딪히지 않더라도 신용이란 끈으로 선한 결과를 얻을 수도 있는 게 관계입니다. 긴가민가하지만 결과적으로 단호한 믿음을 주고, 갸우뚱대지만 결국 정한 바대로 얻을 수 있는 드라이브 스루 같은 것 말입니다. 물리적 대면이 없다고 해서 마음마저 드라이브 스루 하는 건 아니니까요.

머잖아 식당, 건강검진, 은행 등 도처의 업무에 드라이브 스루가 적용될 날이 오겠지요. 하지만 제아무리 드라이브 스루 서비스에 동조하는 저 같은 이라도 그 바퀴 굴리고 싶지 않은 분야도 있답니다. 이를테면 꽃 터널에 갇혀 못다 본 봄꽃 거래라면 드라이브 스루만은 피하고 싶습니다. 눈으로 느끼고, 손으로 맛보며, 코로 만질 수 없는 방식이라면 전혀 위안이 되지 않는 것들이 우리 곁엔 있으니까요. 다디단 꽃잎 옆에는 벌 나비가 바싹 붙는 게 섭리에 가까운 거잖아요.

아직 먼 길

이웃분이 이사를 합니다. 집수리까지 마쳤답니다. 한데 깔끔해진 집에, 문짝 내려앉고 손잡이 너덜거리는 장롱뿐 아니라 눈에 띄는 큼직한 세간이라면 허드레라도 다 싸들고 간답니다. 잘 수리된 집과는 어울리지 않는 행보라 다들 눈이 동그래집니다. 몇십 년 넘은 결혼 생활에 바꿔야 할 세간이 한둘이겠습니까.

시댁의 눈치 때문이랍니다. 시댁 식구들 집들이를 무사히(?) 끝낸 뒤에 새살림으로 교체할 거랍니다. 듣는 이들 모두 한숨을 쉽니다. 가슴이 답답해집니다. 손때 묻은 살림살이에 대한 애잔함 때문이 아니라, 잠깐 눈속임을 위해 덩치 큰 세간들을 이삿짐에 실어야 하다니요.

이게 현실입니다. 아직까지는 그렇습니다. 물론 시댁과의 관계가 물 흐르듯 자연스런 대부분의 집안과는 무관한 이야기입니다. 평소 당당하고 거칠 것 없는 여성이라도, 시댁 문제에 닿으면 이런 어처구니없는 상황을 빚기도 합니다. 새 가구와 최신형 가전제품을 갖춘 집안을 둘러 본 시댁 식구들이 며느리의 헤픈 살림법을 못마땅해할까 봐 미리 방어하는 것이지요. 제 세간 늘린 것과는 반대로 시댁 챙기는 것을 소홀히 했다고 책망 들을까 봐 알아서 한 수 접는 것이지요. 시댁에 도리는 다하지 못하면서 제 욕심만 차리는 며느리로 비칠까 봐 최대한 소심 모드를 취하는 것이지요. 요모조모 살필 시댁과의 유무언의 충돌을 피하기 위해 이중의 노동과 비용이라는 비효율을 감수하는 것이지요.

위의 경우 시댁과 며느리 사이에는 외계인과 지구인 사이만큼이나 먼 소통부재의 다리가 놓여 있습니다. 남편도 그 상황을 잘 알고 있지만 적극적으로 개입하지는 못합니다. 시댁과 아내 사이를 조율할 만한 근본적인 묘수를 갖고 있지 않기 때문입니다. 속수무책인 채로 강 건너 불구경을 할 수밖에 없습니다. 남편 마음도 편할 리는 없겠지요. 특별히 별나서가 아니라 지극히 평범한 집안에서 이런 일들이 일어나곤 하니까요. 시댁이 기대하고 요구하는 며느리상이 있기 때문에 이런 부조리한 상황이 벌어집니다. 그런 집에서는 며느리의 목소리가 커지는 것을 내키지 않아 합니다. 며느리의 역할을 의무를 다하는 데로만 한정 짓

고 싶어 하지요.

　많이 좋아졌다고는 하지만 우리 사회는 여전히 며느리의 도리를 미덕이나 지혜로 포장하고 추켜세우기를 좋아합니다. 도리란 말의 사전적 의미는 사람이 어떤 입장에서 마땅히 행하여야 할 바른길입니다. 그 말이 며느리에게 오면 '입장'도 왜곡되고

'바른길'도 변형됩니다. '복종과 인내' 같은 피동적인 의미로 덮어 버립니다. 그리하여 큰 죄 없는 며느리들에게 불필요한 자책감만 키우는 족쇄로 기능할 때가 많습니다.

며느리들, 나아가 여성들로 하여금 피해의식을 조장하는 일은 도처에 나타납니다. 한 모임에 신입 회원이 들어옵니다. 나름의 자기 의견을 개진합니다. 가부장적 사고의 틀에 갇힌 이들이 보면 그 모습이 영 달갑지 않습니다. '시집을 왔으면 시댁의 가풍에 따라야지. 시집온 첫날부터 이러쿵저러쿵 말이 많다'는 핀잔을 듣습니다. 아직도 이런 비유가 횡행합니다.

점점 나아지고 있지만, 과도한 자기표현을 하지 않을수록 '참한 여자'라는 것을 우리 사회는 무의식중에 세뇌하고 여성들은 세뇌당합니다. 어디쯤에서 나서고 어디쯤에서 물러서야 하는지에 대해 여성들은 남성들보다 훨씬 불필요한 감정노동에 시달려야 합니다. 아니, 시달리기를 이 사회가 은근히 강요합니다. 남성 중심적 사고들이 마련해놓은 '괜찮은 여자' 틀에서 벗어나지 않도록 이 사회는 뭉근히 여성들을 억압합니다.

여전히 곳곳의 사회 질서는 가부장적 권위에 기댑니다. 혼사를 지낸 경우, 아들이 내 것이기 때문에 며느리도 응당 내 집안사람이라는 생각을 버리지 못합니다. 가풍을 잇는다는 명목 하에 며느리를 가르침의 대상으로 파악하고 설교하려 듭니다. 한 설문조사에 의하면 며느리들이 가장 부담스러워 하는 시댁의 요구가 '전화 자주 해라' 라는 것이랍니다. 어떤 처가도 사위에게 그런 요구를 하지 않습니다. 어떤 처가도 사위의 도리를 강조하지 않습니다. 맞벌이가 대세인 요즘에도 남성보다는 여성에게 그런 의무가 더 할당되는 것이 현실입니다. 마땅히 그러할 것에 의해서가 아니라 자발적 진심에 의해서 몸과 마음은 움직입니다. 아들도 며느리도 내 것이 아닙니다. 그들 스스로의 것일 뿐이지요.

추석이 다가옵니다. 오래된 장롱조차 버리지 못할 만큼 눈치 보는 며느리도, 전화 자주 하라는 가르침에 소심해진 며느리도 시댁 가는 발걸음이 가벼웠으면 좋겠습니다. 아직은 먼 그 길, 서로 소통하고 배려하는 그날들이 가까워지기를 바랄 뿐입니다.

진정한 샌님

"제를 제라니 샌님 보고 벗하잔다."라는 속담이 있습니다. 우연히 발견한 문구인데 앞뒤 맥락 없이 속담만 보니 무슨 뜻인지 감이 잡히지 않습니다. 두 번이나 나오는 '제'라는 말의 의미를 궁리하다가 사전을 찾아봤습니다. '상대를 대접해서 공대를 해주니 되지 못하게 윗사람 보고 벗하며 사귀자고 한다는 뜻으로, 교양이 부족한 사람이 남들의 대접에 대하여 예의 바르게 대할 줄 모르고 공연히 우쭐대면서 건방지게 구는 것을 비유적으로 이르는 말.'이라고 되어 있습니다.

뜨악합니다. 뭔가 불편한 것이 밑바닥에서 올라옵니다. 촌철살인하는 조상들의 속담 잔치에 웬만하면 공감하게 되는데 이번엔 어깃장을 부리게 됩니다. 우리 사회의 온갖 갑질 행태가 이런 속담에 힘입어 지속되고 강화되는 건 아닐까 하는 생각이 들었습니다. 점잖지 못한 표현이긴 하지만 이 속담의 속뜻은 '네 주제를 알고 설쳐라.' 쯤이 되겠습니다.

속담 안으로 들어가 봅니다. 지체 높은 선비가 신분 낮은 이에게 '내가'라고 말해도 될 것을 예를 갖춰 '제가'라고 말합니다. 자신을 낮춰 샌님은 그렇게 말했다지만 그것은 진심이 아닙니다. 선심 쓰듯이 말 인심을 베풀었을 뿐, 별 볼일 없는 상대 앞에서 진정으로 낮아질 마음은 없었던 것이지요. 한데 막상 신분 낮은 상대가 자신의 주제도 파악하지 못한 채 '친구 먹자'고 허물없이 나오니 소위 '빡친' 것이지요. 두 말 필요 없이 저 속담 안에는 '네가 감히 나더러 친구하자고?'라는 계급의식이 숨어 있습니다.

속담 속 샌님은 자신의 우월적 위치를 버릴 의향이 없어 보입니다. 자신을 아무리 낮춘다 해도 상대와 같아지는 것만큼은 참을 수 없는 것이지요. '제가'라고 말문을 텄지만 순수한 의도는 아닌 거지요. 더 나은 환대를 위해 제 겸양을 보였을 뿐, 진심을 다해 낮은 이에게 곁을 내준 건 아닙니다. 마음 깊은 곳에는 '나는 선비이고 너는 하층민'이라는 의식이 자리하고 있었으니까요. 위계 사회의 구조적 사슬에서 자유롭지 못했던 시대에 태생한 속담이기에 그 한계를 인정하면서도 자꾸만 삐딴

생각들이 가지를 칩니다.

예의란 무엇일까요. 사전적 풀이와는 달리 우리의 무의식을 지배하는 예의의 개념은 대개 아랫사람이 윗사람에 행하는 일방적이고 구체적인 행위를 일컫습니다. 자의든 타의든 예의는 굴종 또는 비굴의 다른 이름일 때가 많습니다. 권력자 또는 가진 자가 예의를 지키지 않았다고 흥분하는 사례는 드물지만, 피권력자 또는 약자가 예의를 다하지 못했다고 흥분하는 사례는 얼마나 많은지요. 아랫사람이 예의를 지키지 않았다고 뭇매를 맞는 일은 있어도 윗사람이 아랫사람에게 예의를 다하지 않았다고 쌍욕을 듣는 일은 흔하지 않습니다.

저 속담 풀이에서도 보듯이 '교양이 부족한 사람', '건방지게 구는 것'에 해당되는 이는 아랫사람입니다. 예의라는 말은 상호 평등한 상황에서 행해져야 하는데, 계급의식이 비집고 들어오는 순간 그것은 낮은 자의 일방적인 의무가 되어 버리고 맙니다. 반면에 윗사람이 아랫사람에게 지켜야 할 예의에는 부담감이 없습니다. 단순한 시혜를 베푸는 것만으로도 예의에 값하는 것이 되어 버리지요. 윗사람이기만 하다면 '교양'이 부족해도 '건방'을 떨어도 예의와는 무관한 것이 되어버립니다.

가진 자의 온갖 갑질 행태가 횡행하는 요즘입니다. 정치권의 행태가 그중 으뜸입니다. 자신을 낮출 마음이 조금도 없거나 그 마음이 진심이 아닐 때 갑질은 행해집니다. 잔을 낮게 드는 그 마음이 진심인지 아닌지 민심이 먼저 압니다. 나는 너와는 다른 계층이야. 그러니 네 주제를 알고 설치라고. 이런 그릇된 마인드가 갑질의 밑장이 되는 것이지요. 윗사람이든 아랫사람이든 (이 말 자체도 없었으면 좋겠지만) 연륜과 위계를 바탕으로 하는 현실을 무시할 수는 없겠지요. 계급의식이 들어 찬 상태에서 행해지는 모든 행위는 진정성을 의심 받습니다.

우월한 위치에서는 동류의식이나 측은지심 대신 자기본위나 이기적 자아가 들어차기 쉽습니다. 그들에게 예의는 개돼지가 주인에게 행해야 할 당연한 의무에 지나지 않습니다. 세상이 자신의 뜻대로 움직인다고 생각하기에 자신의 입맛에 맞게 현상을 왜곡하고 민심을 거스릅니다. 대부분의 약자들은 살기 위해, 저 밑바닥부터 치닫는 저항심을 억누를 수밖에 없습니다.

이제 저 속담이 이렇게 바뀌었으면 좋겠습니다. "나를 제라면 샌님도 백 친구 얻는다." 내가, 라고 말해도 될 것을 진심으로 제가, 라고 말하면 백 명의 친구를 얻겠지요. 진정한 샌님은 거짓 겸양으로 타자와 자신을 구별하지 않습니다. 자신이 선비라는 것을 내려놓고 예의로써 하인에게 (이런 계급적 용어를 쓰고 싶지 않지만) 다가가겠지요. 인사에 선후 없고, 예의에 상하 없습니다. 이 말을 가진 자와 누리는 자도 알았으면 좋겠습니다.

포토 에세이

엄마의 뜰

1판 1쇄 인쇄 · 2020년 11월 12일
1판 1쇄 발행 · 2020년 11월 18일

글·사진 · 김살로메
펴낸이 · 홍행숙
펴낸곳 · 문학의문학
디자인 · 김경일

등록 · 105 91 90635
주소 · 서울 구로구 개봉로 3길 87 103동 103호
대표전화 · (02) 722-3588
팩스 · (02) 722-3587

ISBN · 979-11-87433-25-5(03810)

이 책은 2020 문화도시 포항 조성사업의 일환으로 지원금을 받아 발간되었습니다.